おたがいさま

れんげ荘物語

群ようこ

角川春樹事務所

おたがいさま

れんげ荘物語

装画　東　久世
装幀　藤田知子

1

　コナツさんと、彼女が事実婚だという子持ちのタカダさんに会ってから、一週間経っても、二週間経っても、彼女の選んだ生活に、キョウコはずっともやもやしたものを抱えていた。他人様、おまけに自分とは考え方も違うであろう、若い人が選んだ生活に、年上の者があれこれ口を出すのはよろしくないとは思っていた。しかし玉ねぎを切っているとき、食後の食器を洗っているとき、洗濯物を干しているときに、ふとコナツさんと幼児を抱えた男性の姿が頭に浮かんできて離れなかった。

　他人のあれこれを、また他の人に話すのは気が引けたが、キョウコはどうしてもこの話をクマガイさんに聞いてもらいたかった。朝、タオルを干しているときに偶然顔を合わせたのをいいチャンスと、

「実は……」

とコナツさんの話をした。クマガイさんはふんふんとうなずきながら、ひととおりの話を聞

いた後、

「はあ」

と大きな息を吐いた。

「まあ、あの人が自分で選んだわけだから、とやかくいうことじゃないけど……。めちゃくちゃだね、と私は思うわ」

そしてまた大きく息を吐いた。

「そうですよね」

キョウコの声もどうしても小さくなってしまう。

「ひとつひとつを解決していかないとねえ。今は何も解決していないまま、だらだら過ごしているわけでしょう。そのうち子供は大きくなるし、保育所や幼稚園に通うようにもなるでしょう。そのときどうするつもりなのかしらね。大人はいいけど、それに巻き込まれる子供がかわいそうよね」

「そうなんですよ。せめて両親の問題を解決しないと」

「最近は子供ファーストの親は少ないから。自分ファーストでしょ。自分がいちばん大事なのよ。母親じゃなくていつまでも女でいたいとかいったりするし。感覚が違うのよ、昭和の私たちとは」

「はあ」

今度はキョウコが息を吐く番だ。

「また彼女と会うことがあったら、いってあげたらどうかしら。ああ、でも、他人からあれこれいわれるのをいやがるかな、ああいうタイプは」

「ええ、でも機会があったら、さりげなく様子を聞こうかなとは思っているんですけれど」

「そうね、そうしてあげて。とにかく子供がかわいそうだから」

おばさん二人の会談は終了した。幼い我が子を置いて新しい男性のところにいってしまう母親って、どんな人なのだろうか。考えれば考えるほど、キョウコは腹が立ってくる。ぷんぷん怒っていると、こちらの精神衛生上もよろしくないので、深くは考えないようにしつつ、気にはするというスタンスにした。

コナツさんのアルバイトは続いているようだった。新しい住まいになった、ひかり荘八号室の家賃も払わなくてはならないだろう。事実婚のタカダさんとは一緒に住んでおらず、お互いの部屋を行き来する仲のようだけれど、ひとつが解決すると、また新しい悩み事が、といってもこれはキョウコから見てのことだが、発生する人なんだなと思った。しかし本人がそう考えていないところが、ミソなのである。

「ま、向こうから何かいってきて、アドバイスを求められたら話をするということで」

キョウコは自分のもやもやした気持ちにケリをつけようと、強い南風が吹き込んで、きっと埃も入ってきていたであろう部屋の中を、隅から隅まで雑巾掛けをした。箒でざっと掃いた後、半分濡らした雑巾で畳を拭いた後、から拭き用雑巾で拭き上げる。もちろん窓枠も拭く。老眼のせいなのか、こんなに汚れていたとは知らず、から拭きをした雑巾を見て、

「こんなに埃が溜まっていたのか」

とびっくりした。どこからかモズが高鳴きしているのが聞こえる。なわばりを守るため、モズなりにがんばっているようだ。

姿の見えないモズに声をかけて、高鳴きに耳を傾けているうちに、その勢いに圧されてキョウコのもやもやはすっと消えていった。

コナツさんのほうも、キョウコに事情を話した責任を感じているのか、会ってからひと月後に連絡があった。まじめにスーパーマーケットに勤めていること、顔なじみも多くなって、顔を合わせると話しかけてくれる人がいること、社員にいやな人が少なくて、優しい人が多いこと、そしてキョウコが聞きもしないのに、

「彼とは順調です！」

と力強く宣言した。

「そう、それはよかったわね。ヨシヒロくんっていったかしら、坊やも元気？」

「元気ですよぉ。めっちゃ元気です」

彼女の声が力強くて明るく、キョウコはちょっと肩の力が抜けた。

「それはよかったわ。ひかり荘はどう？」

「まだ倒れてないんで、もうしばらく持ちそうですよ。れんげ荘はどうですか？」

「うーん、こちらも何とか持ってるみたい」

「そうですかあ」

ひかり荘の右隣の男性が引っ越して、二十代の女性が住むようになった。彼女は画家の卵で油絵を描いている。

「それはいいんですけど、何か特殊な健康法をやってるみたいで、朝五時くらいに、ものすごい大声を五分くらい出すんです。他にも若い劇団員の人が住んでいるんで、大声は別にいいんですけど、朝五時はちょっときつくて」

「それはそうね。他の人はどうなの？」

「うーん、あたしよりもみんな若いから、どんな音がしても爆睡してるみたいですよ」

「そうか、じゃあ、耳栓が必要ね」

「そうですね、彼にねだって買ってもらいます」

コナツさんはふふふと笑った。

コナツさんの生活は、平穏に過ぎているようだった。ヨシヒロくんはタカダさんが出社するときに彼女が引き継ぎ、彼女がアルバイトに行くときには、前々からヨシヒロくんの面倒を見てくれていた、タカダさんの友だちの、妊活中の奥さんにバトンタッチする。そして彼が帰ってきたら渡して帰るというシステムになっていた。コナツさんが休みのときは、できるだけ面倒を見ているし、その奥さんと一緒に見ているときもあるという。

「それはよかったわね。安心したわ」

「結構、ローテーションがうまくいってて。いい感じです」

彼女が一方的に話すのを、ふんふんと聞いていたら、家賃の話になった。

「ちゃんと払わないといけないしね」

と何気なくキョウコがいうと、彼女は、

「そうですね、でもそれは父親にまかせているので」

という。詳しく聞いてみると、保証人になってもらったついでに、家賃も払ってもらっているようだった。完全に自立しているものだと思っていたキョウコは落胆したけれど、それは自分には関係ないと黙っていた。

「そっちのほうが大家さんも安心じゃないですか。実家から家賃が支払われるほうが」

「まあ、それはそうだけど。お義父(とう)さんも大変ね」

「いいんですよ。あたしがねだれば何でもいうことをききますから」

人というものはそう簡単には変われないのだ。きっとお義父さんは、ささやかな年金から、血はつながらないけれど、いくつになってもかわいい娘に送金しているのだろう。

「お義父さんには、タカダさんのことは話したの？」

「いいえ、話すと絶対にびっくりすると思うので、今のところは黙ってます」

「ああ、そう」

「送金も打ち切られるかもしれないし。えへへへ」

キョウコはふふふと愛想笑いをするしかなかった。

こんな電話がありましたと、またクマガイさんに話す気にもならず、キョウコはまたもやもやしてきた。ただでさえ季節の変わり目はもやもやして、いまひとつしゃきっとしないのにである。キョウコは息をひとつ吐いて、畳の上に大の字になった。たしかヨガでは、これは死人のポーズというのではなかったか。しかし畳の上の死人は、何も考えるのはやめようと思いつつ、何かを考えてしまうのだった。それでもしばらく寝転んでいると体が楽になってくるので、深呼吸をした後、立ち上がった。

他人に対して、あの人はこうするべきだと考えるのは、大きなお節介である。どうしてそっちのほうを選択する？　と首を傾(かし)げても、当人がそう決めたのでは仕方がない。冷たいいい方

だが、

「私の知ったことじゃない」

と考えたほうがいいような気がしてきた。実際には、コナツさんがなるべく平穏に過ごせるようにと願っているのだけれど、キョウコが書いたシナリオどおりに、コナツさんは動かせない。

「だんだんお節介おばさんに、なってきちゃったのかしら」

キョウコは我が身を振り返って悲しくなってきた。勤めているときに社内にそういう女性はいた。自分は何も関係ないのに、他人の話に首を突っ込み、

「あの人はあんなことをしているからだめなんだ。こうすればいいのに」

と噂話をするのだった。そういう姿を見て、キョウコは、あの人は暇なんだなと呆れていたが、今の自分は彼女とほとんど変わらないではないか。

「いけません、これはいけません」

きちんと声に出して自分を戒め、ちょっと外に出て気分転換しようと、戸を開けると不動産屋さんの娘さんがやってきた。さっきの声が聞こえたかなと、キョウコはちょっと汗が出てきた。

「こんにちは」

彼女の顔を見るとほっとする。

「物置をちょっとね、確認しようと思って。ネズミの巣窟になっていたら大変だから」

彼女は元コナッツさんの部屋だった、本来物置用のスペースの鍵を開けて中に入り、手にしたライトで中を照らし、くんくんと匂いを嗅ぎながら、

「問題ないみたいですね」

と鍵をかけた。

「コナッツさん、どうしていらっしゃるのかしらねえ」

娘さんはつぶやくようにいった。彼女の父親である不動産屋のおじさんが、物置を部屋として貸してしまったのを、ずっと申し訳なく思っているようだった。

「スーパーマーケットでお勤めをしはじめて、元気で過ごしているようですよ」

キョウコは娘さんを勇気づけるように明るくいった。

「ああそうなの。それはよかった。あの方、ずっと海外を巡っていて、ほとんど日本にいなかったんですってね。だからお仕事もちゃんとしていなかったんでしょう。父は一、二か月家賃が滞っていても、まとめて支払ってくれるんだからいいんだって、いっていましたけどね」

「よく大家さんが許してくれましたね」

「若い人だから、大目にみていたんじゃないですか。大家さんとのトラブルはなかったから問

題ないです」

娘さんはにっこり笑った。

「こんな古い物件に住みたいなんていう若い人はもういないでしょうね」

キョウコが苦笑しながらたずねた。

「いるんですよ。今の若い人はお給料も上がらないし、結構、大変なんですよ。特に会社に属さないで、フリーで自分がやりたいことがある人たちは、本当に気の毒なんですよね。いくつもアルバイトを掛け持ちして、それでやっと会社員の初任給の三分の二くらいの収入なんですよね。一方で、家賃五十万円くらいのところを探してるなんていう若い人も来ますし」

「ええっ、そんな人もいるんですか」

彼女は大きくうなずいた。

「それも二十代の後半ですよ。パテック・フィリップの時計をしてますからね。その十分の一の家賃さえ、払うのが大変な同年輩の人が多いっていうのに。もちろんそういう人たちは物件も選び放題なので、すぐに決まりますけれど。大家さんも安心なんでしょう」

「そういう人たちは会社経営者なんですか」

「ええ。でもそうじゃない若い人たちが気の毒でね。私も大家さんとの間に入って『悪い人じゃないですよ』っていったりするんですけれど、『それは十分わかるけれど、お家賃を毎月払うのが難しそうだと、ちょっと』っていわれちゃうんですよ。それも当然なんですけれどね。なるべくそういった人には、シェアハウスを勧めたりしているんですけど、人によってはね、そういうのが向かないタイプもいるし」

「ここはほとんどシェアハウスみたいなものですからね」

「ほんと、そうですね」

娘さんは笑いながら帰っていった。キョウコはふと、れんげ荘の通路の天井を見上げながら、この建物はいつまで持つのだろうかと心配になった。貯金を取り崩しているので、通帳の残高は減る一方だが、多く使った月の分は翌月、翌々月分でじっと堪えて、何とか予定どおりの残高は維持し続けている。あと何年か待てば、厚生年金も支払われるけれど、定年まで勤めたわけではないので、少額になるのはやむをえない。歳を取ったら介護やら何やら、様々な出費も発生するだろうし、これからの自分の生活はどうなるんだろうかと、天井を見上げていた。しかしいつまでも通路の古びた天井を見上げていても仕方がないので散歩に出た。

ご近所の庭から塀越しに出てきている木の葉が紅葉している。そして姿は見えないけれど、すぐ近くからモズの声が聞こえる。

「風流だねえ」

都心でもまだ、こんな風情があるのだ。もしもこんな環境が破壊されてきたら、地方に住むのもいいかもしれないなと考えはじめた。ここの家賃と同じくらいの物件は、どこかにはあるだろう。しかしだんだん歳を取っていく無職の自分に、部屋を貸してくれる大家さんがいるかどうかが問題だけれど。

日中に、イヌの散歩をしている人も多くなった。それでも小型犬には外の風が辛（つら）いのか、かわいいベストやセーターを着ている。なかにはフード付きのものもある。キョウコは動物に服を着せるのには抵抗があったけれど、会社で小型犬を飼っている人が、

「あれは着せ替え人形がわりにしているんじゃなくて、本当に寒がりの子もいるので、必要なのだ」

と話しているのを聞いて、ああ、そうなのかと考え直した。イヌが体温調節するために必要ならば、それは着せたほうがいいだろう。道で服を着ているイヌを見ると、

（この飼い主は何を考えているのか）

とじっと顔を見たりしていたが、それからは、

（かわいい服を買ってもらってよかったね）

とイヌに声をかけたくなった。

散歩をしているイヌたちを見て、頭に浮かぶのはぶっちゃんだ。飼い主のご婦人の体調はどうなったのだろうか。息子さんはまだぶっちゃんを散歩に連れていってくれているのだろうか。

きつくお母さんからいわれてしまったので、散歩を続けなくてはならなくなったし、いい人だったのでそれを守ってくれているはずだ。しかしぶっちゃんが、散歩用のリードをくわえてこなければ、散歩に行かない可能性もある。ネコは気まぐれだから、息子さんが散歩に行こうとしても、ぶっちゃんにその気がなければどうしようもない。

（どうして会えないのかなあ。時間がずれているのかしら。それともぶっちゃんは散歩に飽きたのかなあ）

つい散歩をしながら、四方八方を見渡してしまう。今は時間が合わなくても、散歩をしていれば、出会う可能性はある。でもずっとぶっちゃんが家にいるのだったら、その可能性はない。

（そうだったら悲しいな）

出会ったときに、あんなに喜んでくれたのに、あれっきりになったらちょっと辛い。そうはいっても、それもぶっちゃんまかせなのだ。ぶっちゃんが、

（散歩はもういい！）

と判断したのだったら、私は我慢するとキョウコはぐっとくちびるを嚙みしめた。しばらくそのまま歩いていたが、

（いったい、私、何やってるんだ）

と自分につっこみたくなってきた。たしかにぶっちゃんはとてもかわいいし大好きだ。でき

ればまた自由に遊びに来て欲しいが、自分の所有物でも何でもない。すべて自分のわがままであれこれ考えているだけなのだ。

「ぶっちゃんにまた会えるといいな！」

歩きながら口に出していってみた。もちろん周囲に人がいないのを確認してである。言葉にしてみたら、気持ちがちょっと明るくなってきた。

「だいたい、ぶっちゃんていう名前じゃないんだから、勝手に呼んじゃって失礼よね」

と苦笑した。

七五三のお祝いがあったのか、三人の振袖を着た女の子と親たちが横道から姿を現した。キョウコは自分の七五三を思い出した。母が勝手に振袖を選び、

「これでいいわよね」

といったので、それに従ったのである。周囲には自前の振袖の女の子は少なかった。振袖は不経済という考え方もあるかもしれないけれど、やはり着ている女の子を見ると、華やかでいいなあと思う。後ろから彼女たちが歩いていくのを見ていたら、そのうちの一人が、まるで相撲取りが雪駄で歩いているみたいに、草履をひきずる音を響かせているのを見て、すべてに慣れていないのだから仕方がないと、キョウコは大人の配慮をした。

小一時間町内、隣町をぶらぶらと歩きまわっているうちに、体の中がすっきりしてきた。

クマガイさんが、

「一日一回は外に出たほうがいいわよ。ずーっと部屋の中にいたら、カビが生えるかもしれない」

といっていた。彼女はずっと部屋にいることは少なく、ほぼ毎日、どこかに外出していた。翻訳の仕事をしていたので、打ち合わせもあるのかもしれない。チユキさんは相変わらずモデルの仕事が多く、部屋にずっといるわけではなかった。キョウコだけがれんげ荘の留守番役になっていた。だからこそぶっちゃんにも会えたわけなのだけれど。

花屋さんで安くなっていた黄色が主体の小さな花束を買った帰り道でも、ぶっちゃんには会えなかった。

（これもまた、まあ、仕方がない）

戸を開けて深呼吸をして、不動産屋さんの娘さんみたいに、まだカビくさくはなっていないと確認してから部屋に入った。衝動買いして、今はほとんど花瓶と化した、おかめとひょっとこがゴルフをしているマグカップに花を活けた。前にやっていたように、この地味な部屋に花をどーんと活けたいのだが、節約生活を続けているため、ちんまりとしか花を買えないのだった。それでも花があるのとないのとでは、格段に雰囲気が違う。花を見ながら読書も悪くないなと、図書館で借りてきた本を手に取ったら、あと三日で返却日になっていたので、ちょっとあわてた。最近、そういった約束事を完全に忘れはしないが、ぎりぎりで思い出すことが多くなってきたので、気をつけなければならない。

　二日後、返却日に間に合うように本を読み終わり、午前中に雨のなかを図書館まで歩いて返しにいった。れんげ荘に引っ越してまもなく、図書館でナンパしてきたおじいさんは、最近、まったく見かけなくなった。相変わらず高齢者は多いのだが、以前と同じように本を読まずに、陽(ひ)の当たる場所で居眠りをしている。居眠りをするのであれば、家でしても同じだろうにと思うのだが、掃除をするから邪魔だと妻に追い出されたのか、妻の冷たい目つきに耐えきれず、無料で居座れる場所として、図書館を選んだのかはわからないが、ほぼ全員が男性だ。彼らと同年輩の女性もいるけれど、彼女たちはみな居眠りなどせずに、本や新聞を静かに読んでいる。読書、勉強のためにやってきている高齢男性は少ないのだった。

　キョウコはカウンターで本を返却し、新着の本のコーナーを端から見ていった。刺繍(ししゅう)をしているときは、それに没頭していたので、本を読む冊数が激減してしまったが、いちおう仕上げてからは、特に根を詰めてしていることもないので、時間は余っている。たまに繕い物をしたとしても、多少凝ったものであっても、何か月もかかるものではないので、ちょこっとやってすぐに終わる。新着本の棚にダーニングという耳慣れない名称がタイトルにある本があった。手に取ってみたら、それは繕い物の本だった。自分がやっているような、服にしみや穴が空いた部分を修繕するのを、今はお洒落にダーニングというらしい。

ページを開いてみたら、穴の空いた部分を修繕するのに、それがデザインされたかのように繕われている。単に穴を塞いだだけだと、目立たないようにはしていても、じっくり見ると、やっぱりそのあとがわかるものだが、そうはなっていなかった。逆にダーニングをしたほうが、お洒落で服に趣が出ている。キョウコもなるべくそのつもりで、抜けた肘の部分に、自分で刺繍をした布をあてがって、カーディガンを繕い、その仕上がりに満足していたのだが、プロがダーニングした見本と比べると、やっぱり見劣りした。

「ふーむ」

基本的にこういうものはセンスの問題なので、真似をしようと思ってもうまくいかないのはわかっているが、かっこよく繕う技術は勉強になった。しかし今のところ、繕いが必要なものはすでにやってしまっていたので、最も必要としている人が借りられるようにと、キョウコはその本を棚に戻した。結局、何も借りずに手ぶらで図書館を出た。自分が入館する前から寝ていた高齢男性たちは、キョウコが出るまで目を覚ますことはなく、入館したときのままの姿で眠りこけていた。

部屋に戻っても特にすることがないので、遠回りをして散歩をした。雨が降っているので歩いている人は少ない。店を開けたばかりの商店街をぶらぶらと歩いていても、特に欲しいものはない。あったとしても本と傘だけ持って出て、財布がないので買えないのだ。今までは財布を持って出ないと不安で、ハンカチ、携帯、財布はエコバッグに入れて、必ず持って出ていたのだが、財布を持って出ると、散歩のついでにいらないものまで買ってしまうのがよくわかったので、本を返しに行くときには本だけ持っていくようにしたのだ。

ハンカチや図書館の利用者カードはパンツのポケットに入っているし、道中、鼻水が出たとしても問題はない。たしかに目的もなく歩いていて、欲しいと思うものがなかったわけではない。ああ、財布を持っていればと悔やんだりもした。しかし家に帰って、財布を握ってまた店に買いに行ったかというとそうはしなかった。そこまでして欲しくはなかったのだ。本当に欲しかったら、すぐに財布を持って買いに行っただろう。必要なものではなく、ただ目についた「ついで買い」を防ぐのが、キョウコにとっては大切だった。それでも生活はぎりぎりなので、不要品が室内に溜まっているわけではない。衝動買いしたマグカップ二個も、死蔵せずに役に立っている。若い学生さんたちの懐(ふところ)が少しでも潤ったならば、それでいい。

そんなことをつらつら考えながら、町内をひとまわりして帰ってきた。雨の日の午前中では、ぶっちゃんとの遭遇もありえず、キョウコのテンションは低かった。ラジオをつけて日本茶を飲んでいると、携帯が鳴った。コナツさんだった。

「どうしたの。これから仕事でしょう?」

「今日は休みなんですよ。先週、休みの日に出勤したのでその代休です」

「ああ、そうなの。じゃあ、ヨシヒロくんと一緒にいるのね」

「ええ、今、やっと寝たところです」

とりあえずお母さん役をこなしているようで、キョウコは安心した。こちらからは余計な穿(せん)鑿(さく)はしないと、自分自身にいいきかせながら、彼女の次の言葉を待っていた。

「あのう、彼の元カノのことなんですけど、前に会ったときに話しましたよね」

「聞いたわ。男の人のところにいっちゃったんでしょう」

「そうなんです。それがそのままになっていて、子供の籍の問題もあるので、きちんとしなくちゃって、タカダくんが連絡をしたんです」

「うんうん」

キョウコは、いい展開になってきたぞとうなずいた。

「相手の男は『子供なんかいらない』っていってるそうで、向こうは引き取る気がないようなんですよ」

「ふーん」

「それだったらタカダくんのほうに、親権っていうのかな、それを移さなくちゃいけないし、家庭裁判所でヨシヒロくんの戸籍をタカダくんのほうに入れて、名字を変える許可をもらわないといけないそうなんです。何だか大変そうなんですよ」

「それはそうよね。ちゃんと段階を踏まなかったんだから。その手続きが一気にきちゃうのよね」

「ほんとにそうですよね。面倒くさーい」

「でもそのほうが、あなたも安心できるでしょう。どこかでそれをきちんとしておかないと。今だったら子供も小さいし、時期としてはいいんじゃないかしら」

「そうですよね。保育園とか幼稚園とか小学校とかに通うようになったら、ちょっとかわいそうですもんね」

　彼女は子供のことも考えてくれているようだった。

「子供よりも男の人を選んじゃったのね」

　キョウコがぽつりといった。

「かわいくないから、いやなんですって。女の子だったら、お洒落をさせて楽しいけれど、あんたにそっくりの顔の男の子なんていやだって」

「えっ」

「タカダくんにそういったらしいです」

「はああ」

しばしの絶句の後、キョウコが、

「じゃあ、女の子だったら連れていったのね、きっと」

というと、コナツさんは、

「わかりませんよ。相手の男が子供はいらないっていってるんですから」

と、さらりと答えた。

「そうか、そういう男の人を好きになったんだものね。元カノは」

「そうなんです。男の子でも女の子でも、どっちみち結果は同じだと思いますよ」

「でもまあ、相手が子供を引き取る気がないんだったら、話は早いかもしれないわね。だいたい両親が子供を取り合って揉めるんだから」

「ああ、それはないと思います。元カノは『ただで子供の面倒をみてくれる人がみつかって、よかったじゃん』っていっていたそうですから」

どちらにせよ、話はすぐにまとまりそうだった。あとは子供が晴れてタカダヨシヒロくんになるのを待つだけだ。

「あたしはその話には出番がないので、こうやって家にいるときに面倒をみてるだけですけどね」

「それだけでも立派なものよ。自分の子なのにそんなふうにいう母親がいるんだから」

話しながら、キョウコは怒りがこみあげてきた。しかしここでコナツさんに対して怒りをぶつけるのは筋違いだし、コナツさんがあまりに淡々と話しているので、自分と彼女の熱量の差がよくわかったからだった。落ち着いて、落ち着いてと自分にいいきかせながら、

「ともかく早く戸籍に入れる許可が下りるといいわね」

といって電話を切った。中途半端にこの話を耳に入れてしまったクマガイさんに、この話をしたら少しは安心するだろう。

「それにしても若い人は、こんな込み入った話のときも、ずいぶんあっさりとしているのねえ」

キョウコはそうつぶやきながら、まだ雨が降り続いている窓の外を眺めた。

2

朝五時前に電話で起こされた。こんな時間の電話はいい内容ではないと、瞬間的にキョウコは感じた。間違い電話であってほしいと携帯を耳に当てた。

「キョウコさん、ごめんなさい、こんな時間に」

「あっ、お義姉さん、大丈夫ですよ」

「お義母さんが倒れて、施設から連絡があって、救急病院に運ばれて……。私たち、旅行に行くはずだったんだけど、予定を変更して車で病院に向かっているところで……。倒れたのは二度目だから、だめらしいのよ」

いつも冷静な彼女なのに、あせっているのが手に取るようにわかった。

「いちおう病院をお知らせしておくわね」

施設のそばの救急病院の住所と電話番号をメモしたキョウコは、

「わかりました、私もすぐ行きます」

とパジャマのボタンをはずしはじめた。

「ごめんなさいね、急に」

そんなこと彼女のせいでも何でもないのに、謝っている。

「とんでもない、連絡ありがとうございます。それではあとで」

施設のそばなので、最寄り駅でタクシーに聞けばすぐにわかるだろう。「だめらしい」という言葉が頭にこびりついていたが、自分でも驚くくらい、あせっていなかった。年齢もそうだし、施設での母親の姿を見ていたら、遠からずその日はやってくるだろうと覚悟はしていた。

手持ちの服のなかで、黒や紺ではなく、また地味すぎない色合いの、寒色のものを探して着替えた。

早朝でおまけに都心とは逆方向なのに、電車で座れなかった。早朝から起きて働きに出かける人はこんなに多いのだ。そういう問題からは遠ざかっている自分は、用事は用事だけれども、異質なもののように思えてきた。駅に到着するたびに、だんだん乗客の数が減っていき、施設の最寄り駅に到着する頃には、車内の乗客は数人ほどになっていた。周囲には緑が多く、それらの量が多くなってきた。そのうえ明るい日射しを受けて、葉がつやつやしている。いちばん植物が元気な時だ。駅に到着したら、タクシーを探さなければと思ったが、駅前にはタクシーがちゃんと停まっていた。救急病院の名前をいうと、初老の運転手は顔を引き締め、

「わかりました。〇〇病院ですね」

と復唱して、違反ではないが、明らかにぎりぎりのスピードを出して走っていく。この時間に救急病院に行くといったので、事情を察してくれたのだろう。そのおかげで、あっという間に病院に到着した。

「ありがとうございました」

料金を渡して降りようとすると、

「どうぞお大事に」

と声をかけてくれた。

「ありがとうございます」

キョウコは頭を下げて、小走りに病院の中に入った。

すでに兄夫婦は到着していて医師と話していた。旅行をするつもりだったので、兄も義姉も
お洒落をしている。

「キョウコさん、だめだった……」

義姉が走り寄ってきて、キョウコの左腕をぎゅっと握った。

「私、こんな格好で来ちゃった……」

ばつが悪そうに小声でささやいた。白地にブルーやピンクの花柄のワンピースに、トルコブルーのロングカーディガンを羽織っている。白い大きめのイヤリングに、お化粧もきちんとして、とてもきれいだ。

「母もそのほうが喜ぶと思いますよ。私みたいに男だか女だかわからないような格好をしているよりも」

義姉は小さくうなずきながら、キョウコを母が寝ているベッドのそばに連れていった。土気色の顔で母は横たわっていた。

「昨日までは、ふだんと変わらなかったらしいんだけど……」

兄はキョウコにそういっただけで、あとは黙ってしまった。医師はこんな状況は何万回も見ているから、慣れているのかもしれないが、事務的に淡々と状況を伝え、

「それでは失礼いたします」

と部屋を出ていった。義姉は何ともいえない表情で母の顔を眺めていたけれど、兄にもキョウコにも涙はなかった。

エンゼルケアといって、病院が亡骸（なきがら）を清め、美しく整えてくれるのをキョウコは知らなかった。義姉は母をいったん家に帰したほうがいいのではと、強硬ではなく消極的に意見をいったが、兄は斎場に安置してもらうほうを選んだ。

「ご近所への応対も出てくるから、そこまでするときみが大変になるよ」

兄は義姉を労（いたわ）った。

「もしそうするんだったら、私が付き添うけど」

キョウコが口を開いた。

「いいんだよ。キョウコも無理をしなくても。それは割り切って楽をさせてもらおう」

「お母さん、ユリが好きだったから、せめてカサブランカをたくさん奮発したいわね」

キョウコが小声でいうと、義姉も、

「そうね、それがいいわ。ねえ、そうしましょう。頼めばグレードアップしてもらえるんでし

ょう」

　と賛成してくれた。

「わかった、頼んでおこう」

兄も承諾してくれた。活け花を習い続けていた母だから、最後はたくさんの花に囲まれて旅立てたらうれしいだろう。

　実家に近い斎場の業者に頼むと、母の亡骸を斎場に運んで安置してくれるというので、三人で車に乗ってその後についていき、打ち合わせをした。参列してくださるのは、ご近所さんと活け花関係の方々くらいなので、二、三十人くらいでなるべくシンプルなものをと話すと、業者が様々なプランのなかから、そのひとつを勧めてくれた。こぢんまりとはしているが、通夜（つや）、葬儀、告別式とひととおりの式次第がある。

「活け花が趣味だったので、花は多めにしておいてくださいね」

　義姉が業者に念を押していた。

　友引をはずして日程が決まり、午後、三人は斎場を出た。

「お義母さん、一人で置いていかれてかわいそう」

　義姉はちょっと涙ぐんでいた。それを見た兄は、彼女の肩を抱いて、車の助手席に乗せた。

兄夫婦は朝食も取らないでとびだしてきたキョウコを心配してか、家に帰る途中の、幹線道路を一本入ったところにあるレストランに立ち寄って、食事をしていこうという話になった。庭の緑が鮮やかな木々が見える、二階の窓際の席に座ったとたん、三人は同時に、

「はあー」

と息を吐いた。

「こういうことって覚悟はしていても、突然、やって来るのね」

義姉は兄の顔を見た。

「認知症だったけれど、とりあえず首から下は元気だったからね。でも二度目は危ないって医者からもいわれていたし、いつ来るかもわからないんだから……。仕方がないな」

「長患いだとお別れができるからいいっていうけれど、どうなのかな」

「それも辛いだろう。会うたびに相手が弱っていくのを目の当たりにするんだよ」

「そうよねえ」

今日は楽しい旅行のはずだった兄夫婦は、正反対の状況になってしまい、キョウコは彼らが気の毒になった。

しばらく彼らはため息をつくのを繰り返していたが、ふっと吹っ切れたように、

「腹が減ったな」

といいはじめた。

「朝ご飯しか食べてないんですもの。私もお葬式のことが決まってほっとしたら、お腹が鳴りはじめちゃった」

間にメニューを置いて、二人は顔を寄せてじっと見ている。顔を上げた兄に、

「貧乏だからろくなものを食べてないだろう。値段の高い物を食べたら」

とからかわれたキョウコは、

「あら、失礼ね」

といいつつ、特に高くはない生姜焼き定食を頼んだ。義姉はサンドイッチとオレンジジュース、兄はハンバーグ定食だった。

「あら、あなた、またハンバーグ？　本当にハンバーグが好きね。昨日の晩ご飯もハンバーグだったじゃないの」

「ハンバーグ大好き。ハンバーグに埋もれて死にたい」

「やあね、何をいってるの」

義姉はくすくす笑った。キョウコもつられて笑った。兄も笑っている。まさか母親の葬儀の相談を終えた直後の身内とは、誰も思わないだろう。

キョウコと兄は、いい匂いをたてながら運ばれてきたトレイを、つい目で追ってしまった。こういうところは子供の頃から変わっていない。

「ああ、いい匂い。私もそっちにすればよかったかしら」

義姉はキョウコと兄の皿を交互に見ながらつぶやいた。

「あげないよ」

兄はすでにフォークとナイフを手に、ハンバーグを食べている。

「もらおうなんて思ってませんよ」

義姉はキョウコの目を見ながら、情けなさそうに笑った。

「お義姉さんのサンドイッチもおいしそうじゃないですか。よくうすっぺらい紙みたいなものもあるけれど、ちゃんと作ってありますね」

「そうなのよ、おいしそう」

義姉はサンドイッチをひと口食べて、

「おいしい。パンもおいしいわ」

とうれしそうだった。キョウコもたまに生姜焼きを作るけれども、やはり人に作ってもらったものはおいしい。

「おいしいか」

兄はキョウコに聞いた。

「うん、おいしい」

「そうか、よかったな」

三人は母の話は一切せず、今回、仕事で海外に行っていて間に合わなかったケイと、夜に家に戻ってくるレイナの話をしつつ、

「あんなに小さかった子がねえ、ちゃんと家を出てひとりで暮らしているとはねえ」

と連発しながら、

「我々が歳を取るのも当たり前」

と若い人の成長を見届けてきた、年長者の決まり文句をいい、それぞれの年齢を再確認せざるをえなかった。

「キョウコはこれからどうするんだ」

食後のコーヒーを飲みながら、兄が聞いてきた。

「これからって……、これまでと同じよ」

「そうか、ふーん。ずっとそのアパートに住むのか」

「そのつもりだけど、隣の人と『倒れるのは自分たちが先か、アパートが先か』っていっているのよ」

「あら、そんなふうなの？　大変」

義姉がパセリをつまみながら笑った。

「そうなんです。耐震構造にはしてくれたんですけれど、もともとが古いので。近所の子供たちからは『たおれ荘』なんていわれているんですよ」

「あははは」

義姉は声をたてて笑い、兄は真顔で口を開いた。

「その『たおれ荘』に、いつまでも住むわけにはいかないだろう。どうするんだ」

「うーん、今は考えていないけど」

「今、考えなくてどうするんだ？　自分の歳も考えたほうがいいよ」

「そうねえ。でも住み心地がいいから」

「それはわかるけれど、住めなくなったときのことを、考えたほうがいいんじゃないか」

「うん、そうね」

「考えたくないのかもしれないけれど、あっという間に歳を取るし、いつまでも元気でいられるわけでもないから」

「それはそうだわ」

自分はそのいちばん大事なポイントを、なるべく考えないようにして、過ごしてきたのかもしれない。

「キョウコさん、こういっちゃ何だけど、お義母さんは亡くなっちゃったし、うちに来るのにもう遠慮をしなくてもいいのよ。子供たちも家を出て行って部屋もあるし、私たちと一緒に住むのがいやじゃなかったら、うちに来てもらってもいいんだけれど」

義姉はじっとキョウコの目を見ながらいってくれた。

「これは私たち夫婦が相談して決めたことだから。ね、遠慮しないで」

「ありがとうございます。気を遣っていただいて、申し訳ありません」

キョウコは小さく頭を下げた。

「気を遣うだなんて、そういう事じゃないのよ……」

「あ、ごめんなさい、わかっています。十分にわかっています」

キョウコはもう一度、頭を下げた。

「お互い、いつまでも若いわけじゃないからなあ。キョウコさえよければ、これからじじばば三人で、のんびり支え合って暮らしていこうということなんだ」

「はい」

キョウコはまた頭を下げた。

「よく考えて」

義姉はにっこり笑った。

車でアパートまで送ってもらうと、兄は運転席から首を出して、

「ここか？　大丈夫か」

と心配そうな声を出した。

「あらー、鳥の鳴き声が聞こえるわね」

義姉が明るい声でそういってくれた。

「今日はいろいろとありがとう。ごちそうさまでした」

「急に呼び出されて大変だったな。お疲れさま。それじゃ、また当日」

キョウコが車を見送っていると、義姉がいつまでも振り返って手を振ってくれていた。あの気むずかしい母が、義姉とはうまくいっていたのがよくわかった。

れんげ荘に一歩入ると、ふっと力が抜けた。戸を開けたとたん、よろめくようにベッドの上に倒れ込んだ。しばらくその格好でじっとしていたが、苦しくなってきたので仰向け（あおむ）けになった。見慣れた天井のしみがある。母ははじめてこの部屋に来たとき、とっても嫌な顔をしながら、

「人が二、三人、死んでそうな部屋」といったのだった。そういわれて意地になったところもある。でもキョウコはこのれんげ荘が気に入って住んでいるのだ。隣人のクマガイさんもチュキさんも素敵な人たちで、いやだと感じるところがひとつもない。

できるならばこのアパートと共に、朽ち果てたいと思っているほどだ。こういう気持ちは兄夫婦には理解してもらえないかもしれない。特に兄はれんげ荘の実態を見て、より心配になっ

ただろう。キョウコが実家に寄りつけない原因がなくなったことで、兄夫婦も立派な中年になった妹の今後を考え、申し出てくれたのだろうけれど、キョウコの考えはここに引っ越してきた当初と変わらなかった。

通夜の当日、黒のワンピースに黒のジャケットを着て、部屋を出たとたん、シャワー室から出てきたクマガイさんと鉢合わせしてしまった。

「あっ、どうしたの」

キョウコの姿を見て、彼女の眉間（みけん）に皺（しわ）が寄った。住人の誰にも会わずに、こっそりと部屋を出たかったのだが、会ってしまったものは仕方がない。

「実は母が亡くなって、これからお通夜なんです」

「えっ、まあ、それはそれは。ご愁傷さまでございます」

クマガイさんは深々と頭を下げた。

「あ、ありがとうございます。突然だったので、びっくりはしたんですけれど」

「そうだったの。突然だと余計にお寂しいわね」

「ええ、でも、施設に面会にいっても、ずっと私とはわからない状態だったので」

「そうなの。でも今日はお天気がよくてよかったわね。お葬式のときに天気がいいと、亡くなった方がこの世に未練もなく旅立たれた証拠って聞いたことがあるから」

「そうですか、それはよかったです」

「どうぞ気をつけていってらっしゃい。そうそう、部屋に入るときには声をかけてね。ほら、お塩」

クマガイさんは小さく手を振り降ろした。

「ありがとうございます。それでは行ってきます」

クマガイさんは無言で頭を下げてくれた。

斎場には母とは病院で対面できなかった、甥のケイと姪のレイナもやってきた。二人ともちゃんと彼らなりの黒い喪服を着ている。ケイの顔はややこわばっていた。レイナのほうは、祖母である母の顔を見たとたん、涙が止まらなくなってしまったらしく、ずっとハンカチを目に当てていた。

「突然だったからね」

キョウコが声をかけると、彼女は大きくうなずいた。

「でも私、受付と香典返しをお渡ししなくちゃいけないから」

と涙を拭いて、ひとつ大きく息を吐いたあと、にっこり笑って入口の受付に急いだ。斎場の女性が一人、手伝ってくれていた。

二段になっている祭壇のまわりには、カサブランカを中心に様々な色合いのたくさんの花が飾ってあって、母の遺影は花に埋もれているかのようだった。自分と似ているような気もするし、似ていないような気もする。昔は葬式の花というと、白い菊か色があったとしても黄色くらいだったと思うが、花の種類も色も、薄い黄色、ピンク、紫の花などがあって、こちらのほうが白一色よりも心が和んだ。

気むずかしい母なので、式の日時をお知らせしても、参列してくれる人がいるかどうか、キョウコは心配していたが、活け花教室のグループの方々や、キョウコも見知っているご近所の方々が参列してくださり、二十五人分用意した椅子（いす）はすぐにいっぱいになった。時間どおりに斎場の担当者がやってきて開式を告げた。お坊さんが席に座り、読経（どきょう）がはじまった。キョウコはそれを聞きながらぼんやりと母とのことを考えていた。

母にとって自分は思い通りにならない、鬱陶（うっとう）しい娘だった。もしかしたら娘とも思っていなかったかもしれない。そのほうがキョウコは楽だった。中途半端に関係を続けていたら、母の愚痴をずっと聞き続けなければならなくなっただろう。向こうがきっぱりと関係を断ち切ってくれたおかげで、キョウコのほうもいらつかないで済んだ。それほど自分は嫌われたとも思えるが、それについては特に悲しいとも感じなかった。そういう考え方の人だったのかと再認識した程度である。とにかく母にとっては娘はいなくなったので、その分、義姉をかわいがったのだろう。逆よりもそのほうがキョウコはほっとした。自分よりも彼女のほうが悲しんでくれている。それがとてもありがたかった。

もしも施設に入って、キョウコを認識し、認知症でありながら、「今までごめんね」などと謝られたり、逆に罵られたりしたら、いったいどうしていいかわからない。自分に対してよくも悪くも過度な態度をとられると当惑しただろう。母の頭の中では、娘のキョウコでない誰かになっているほうが、はるかに気が楽だった。

（これでよかったんだ）

キョウコはほっとした。母もそのほうが幸せだっただろう。何にしても彼女はもうこの世にはいないのだから、あの世でたくさん花を活けて楽しく過ごしてもらいたいと願った。

そんなことをつらつら考えているうちに、十五分ほどで読経が終わった。ご近所や活け花関係の方たちから、弔電をいただいた。兄夫婦、キョウコの焼香が終わり、うながされたケイとレイナは、肩に力が入ったまま焼香を済ませて、自分の席に戻っていった。義姉は手を合わせたまま、長い間、頭を下げていて、あっさりと焼香を済ませた自分とは大違いと、キョウコは反省した。一時間半ほどで通夜は終わった。

参列してくださった方々を、斎場内の通夜ぶるまいの部屋に案内し、お鮨を食べていただいた。キョウコも知らんぷりをしていられないので、

「今日はありがとうございました」

とビールやジュースを手に、各テーブルをご挨拶して廻った。

「あら、キョウコちゃん、久しぶりねえ」

実家の近所に住む奥さんが声をかけてきた。

「お久しぶりです。突然でしたのに、お忙しいなか、本当にありがとうございます」

礼をいいながらビールをコップに注ぐと、

「このために名古屋から帰ってきたんでしょ」

といわれたので、

「はい、そうです」

とごまかした。

「で、まだ一人なの」

「そうです」

「あらー、早くいい人を見つけなくちゃ。だめじゃない。キョウコちゃん、うちの子よりも五つ年上でしょ」

「たしかそうです」

「いい人はたくさんいるでしょうに。お金持ちも」

「あ、ああ、そうですね」

「がんばって。キョウコちゃんはエリートなんだから」

「いえ、そんなことはないです。今日はありがとうございました」

とにかく御礼だけをいい続け、頭を下げてその場から逃げた。幸い、そういう突っ込んだ話をするのは、その人一人だけだったので、あとは無難に何事も起こらなかった。

参列した方々も三々五々帰られ、身内の五人だけが残った。

「それでは私は付き添いで、今夜はこちらに泊まりますから。どうぞみなさんはお帰りください」

義姉は淡々といった。

「すみません、私がいちばん時間があるのに」

キョウコが謝ると、

「私がここにいたいだけなの。キョウコさんは気にしないで」

と彼女はにっこり笑って手を振った。兄と子供たちが乗った車で、キョウコはアパートまで送ってもらった。

「私、昔、ここに遊びに来たよね。古いけど、どこか好きなんだなあ」

レイナがそういってくれたのがうれしかった。ケイのほうは、

「ここ?」

とびっくりしていた。

「そうだよな、ちょっとびっくりするよね」

兄は苦笑していた。

「それじゃ、また明日」

三人は特に暗くもならず、ふつうの感じで帰っていった。

クマガイさんの部屋には電気が点いていた。

「ササガワです、クマガイさん、夜遅くにごめんなさい」

出入り口の前で声をかけると、クマガイさんは紺色のカーディガンを羽織って出てきて、

「ご愁傷さまでした」

と丁寧に頭を下げ、香典袋をキョウコに渡した。

「え、それは困ります。そういうつもりではないので」

「いいの、いいの。御霊前にお供えして。ほら、お清めは？」

せかすようにいわれてキョウコは小さな紙袋入りの塩を渡した。

「ちょっと待ってね」

キョウコが自分の部屋の前で立っていると、クマガイさんがお清めの塩をふりかけてくれた。

「ありがとうございました」

「いいえ、また明日もあるから、どうぞお疲れが出ませんように。お休みなさい」

クマガイさんはつやつやした顔でにっこり笑って、部屋に戻っていった。

翌日、斎場に泊まった義姉に疲れが出ていないか心配で、早めに斎場に行くと、義姉は昨日と変わりがない姿でいてくれた。クマガイさんからの香典袋を彼女に渡すと、とても恐縮しながら、香典返しをキョウコに託した。

「ちゃんと寝られましたか」

「うん、意外とね。もしかしたらうちにいるときよりも寝られたかも」

顔色もよかったのでキョウコは安心した。しばらくして兄たちもやってきて、義姉の様子を見てほっとしたようだった。

「ちゃんとお義母さんをお送りしましょうね」

義姉は明るくいった。

葬儀、告別式にも何人かの方が参列してくれて、納棺のときにみんなで花を納めてくれた。立派な花弁の花々が平箱に入れられて、品のいい香りを放っていた。化粧を施してもらった母は色白になり、眠っているようだった。キョウコを見るときのように、眉間に皺は寄っていなかった。義姉とレイナは目元をハンカチで押さえながら、丁寧に花を置いていた。ケイも神妙な顔をして黙って花を納めていた。

「御出棺でございます」

担当者にうながされて、兄一家とキョウコは斎場に併設されている炉の前に移動し、また僧侶がそこで読経し、再び全員で焼香した。棺が炉に入れられる瞬間、キョウコは今まで感じたこともないような複雑な気持ちが襲ってきて、うつむいたまま顔が上げられなくなった。

「キョウコさん、大丈夫？」

涙声の義姉が中腰になって抱き抱えるようにしてくれた。

「大丈夫です。ありがとうございます」

涙がひと筋、流れた。でもそれだけだった。

控え室で待っている間、レイナは最初の頃は泣いていたが、しばらくすると気持ちも落ち着いたようだった。

「おれは死んだら、そのまま土に埋めて欲しいな。ゴーゴー音を立てて焼かれるのはいやだな」

ケイが口を開いた。

「日本も昔はそうだったかもしれないけど、条例で決まっているんだから仕方がないじゃないか」

隣に座っていた兄が小声でいった。

「でも外国では今でもそういうところはあるじゃない」

「宗教的な問題もあるからな。アメリカやイスラム圏もそうだったと思うし。でも遺体に処理をするはずだぞ」

「ふーん、そうか。そのままっていうわけにはいかないんだな」

「お兄ちゃん、庭に金魚を埋めるみたいにはいかないんだよ」

今まで泣いていたレイナが、きっぱりといったので、一同はびっくりし、そして噴き出した。場所が場所なので他の人に聞こえていないかきょろきょろと周囲を見回し、

「ここで、そんなことをいわないの」

と義姉が子供たちをたしなめた。

「はあい」

二人は素直に返事をして、喉(のど)がかわいたのか、セルフシステムのジュースやコーヒーのおかわりをしていた。斎場は日常と非日常が交互に現れる場所なのだった。

骨上(こつあ)げのときも、ケイとレイナが手近なところから適当に取り上げようとするのを、斎場の係員と兄夫婦があわてて、「下のほうから」と止めたりするアクシデントはあったが、無事に母は骨壺(こつつぼ)に収まった。兄が膝(ひざ)の上に乗せて、みんなちょっと放心したように、しばらくは斎場の控え室の椅子に座っていた。

「お骨はいつまで家に置いておくの」

ケイが義姉に聞いた。社会人なのでとりあえずしきたりというものを知りたいのだろう。

「四十九日までよ」

「それからお寺に持っていって……」

「そう、納骨式があるの」

「いろいろと大変だね。人が亡くなるのも」

「そうよ」

「おばあちゃんは息子や孫がいるからいいけどさ、身内がいない人はどうするんだろう」

「孤独死とか、いわれているからねえ。でもそういう人たちのために、きちんとどなたかがやってくださっているみたいよ」

「そうなんだ」

ケイは神妙な顔をしていたが、キョウコの顔を見て、

「キョウコちゃん、心配しないでいいよ。死んだらおれがちゃんとこうやってお葬式をしてあげるから」

といってくれた。兄夫婦は何をいうかという表情になったが、それを見たキョウコは笑いそうになりながらも、

「ありがとう。それは安心だわ」

と心から彼にお礼をいった。

3

青空の天気がいい日、菩提寺(ぼだいじ)での母の納骨式も無事終わった。一連の葬儀のしきたりを経験したケイは、若いなりに思うところがあったようで、

「信者でもないのに読経は必要なのか」「簡単で面倒くさくないのがいい」「霊園は場所をとるので、マンション式の墓のほうがいいのでは」

といい、再びキョウコには、

「お葬式は心配しないで」

と念を押したので、そのたびに兄夫婦から呆れられていた。淡々としているようでも、甥が自分を心配してくれていることがうれしく、「お葬式だけは安心ね」と笑いながら、キョウコはアパートに戻ってきた。

部屋着に着替えて、久しぶりにコーヒーを飲みながら、ぼーっと窓の外を眺めていた。スズメが元気よく鳴きながら、ご近所の庭の木々を飛び移っている。兄夫婦からはもう一度、実家で一緒に住まないかと誘われた。かつてキョウコが使っていた部屋は、家族の荷物置き場になっているが、帰ってくるのならすぐに片づけるという。それを横で聞いていたケイは、

「息が詰まるんじゃないの、そうなったらキョウコちゃんも。今は一人で気楽に住んでいるんだし」

とロをはさんできたので、キョウコはどぎまぎした。彼も実家を出てひとり暮らしをして、いろいろと考えるところもあるのだろう。兄夫婦が厚意でそういってくれているのは間違いないので、前と同じように、

「考えさせて欲しい」

と返事をして帰ってきたのだった。

その言葉の裏側には、彼らの自分に対する「かわいそう」という気持ちがあるだろう。結婚後は会社に勤め続けることをしなかった義姉は、

「あんなに有名な会社で、第一線で仕事をしていた人なのに」

とキョウコに対して、能力があるのに勤めないのはもったいないと、買いかぶってくれているのかもしれない。世間で名前の知られた会社だし、給料もよかったけれど、その実は女好き

の上司やクライアントのおやじたちに、若い女性を調達するような、女衒みたいな仕事ばかりだった。世の中を動かすようなクリエイティブでも何でもなかったし、そういう仕事を望んでいたわけではないけれど、時代の最先端の仕事、会社といわれながら、男尊女卑、前時代的な雰囲気が社内に漂っていた。そしてそれは自分が勤めている間、変わらなかった。男も女もそれでいいと考えていた人が多かった。そしてそういった状況に反抗して会社をやめるには、あまりに給料がよすぎたのだった。

キョウコはいくら会社員時代の自分を褒められても、全然、うれしくない。たしかにそのおかげで、こうやって働かなくても暮らしていけるのだけれど、逆にいえば、給料がよくなければやっていられなかった。いくら兄夫婦から誘われても、キョウコの返事は決まっているし、すぐに自分の気持ちを彼らに伝えるのは心が痛むので、また次に彼らからそういわれたら、やんわりとお断りしようと思った。

二、三日、顔を合わさなかったクマガイさんに、無事、納骨が終わったと話した。

「葬式のときはご丁寧にありがとうございました」

彼女ははっと姿勢を正して、

「それはそれは。こちらこそご丁寧にありがとうございます」

とお辞儀をしてくれた。こんなに礼儀正しい人が、若い頃、毎晩ゴーゴー喫茶に出入りして、泥酔して新宿の路上にほったらかしにされていたのと同一人物とは思えない。まさか彼女にはそういうことはいえないので、キョウコもまじめな顔をして頭を下げた。

「これでいちおう落ち着いたという感じかしらね」

「ええ、とりあえず納骨までがけじめかなという思いがあったので、ほっとしました」

「ほっとするとね、疲れがどっと出るから、気をつけたほうがいいわよ。おいしいものを食べて、よく寝て……。そうだ、私の知っているお店があるから、今度一緒に行きましょう。ご馳(ち)走(そう)するわ」

「えっ、いや……、それは……」

「いいの、いいの。たまにはいいじゃない。たまっていってものすごーくたまになっちゃったけど。いつがいい？　私の知り合いの店だから、気にしないで」

　クマガイさんがせっかく誘ってくれたので、キョウコは断る理由もなく、

「あ、ありがとうございます」

　と頭を下げた。

　翌日、クマガイさんから、三日後の木曜日の夕方から予約が取れたからといわれた。

「申し訳ありませんでした。何から何まで」

「いいのよ、古い知り合いだから気にしないで」

彼女がくれたメモを見ると、青山にあるお店の名前が書いてあった。まっさきに頭に浮かんだのは、何を着ていったらいいのかだった。ほとんど気張った外出をすることもなく、普段着と喪服のような黒い服があれば済んでいたのに、青山のレストランに行くときにはどんな格好をしたらいいのだろうか。勤めているときは、銀座、青山、六本木で毎日のように食事をしてはいたが、それは若い女の子と会社のおやじとを引き合わせるための食事会のようなもので、どんな店で食事をしたのかもよく覚えていない。覚えているのは、自分たち常連には愛想がよく、そうでない客には高飛車な態度をとる店員が多かったことくらいだ。

キョウコの動揺を見透かしたように、クマガイさんは、

「フレンチのビストロなの。路地にある家庭料理のお店だから、すごい格好をしてくるととっても目立っちゃうの。だから普段着で来てね」

といって部屋に戻っていった。

「ありがとうございます。楽しみにしています」

礼をいってキョウコも部屋に戻ったが、

「普段着といわれても、他人様がいう普段着と私のそれとは相当違っているかも」

とまた心配になってきた。押し入れを開けて手持ちの服を眺めていたら、そうだ、クマガイさんからもらった服があったじゃないかと気がつき、エミリオ・プッチ柄の素敵なチュニック

を取り出した。これに白いパンツを合わせよう。靴は何かのときのために、実家から持ってきたベージュ色のパンプスで大丈夫そうだ。点検してみると幸いカビも生えていない。肩に届くか届かないかくらいの髪の毛は自分で毛先だけを切っていて、あらためてヘアサロンに行く必要はなしと考え、とりあえず椿油でトリートメントをして済ますことにした。

「手持ちのもので何とかなるものだな」

我ながら感心した。勤め人のときに事あるごとに、スーツや靴を買っていたのが嘘のようだった。

チユキさんの部屋からは、このところずっと何の音もしていない。母の葬儀などでばたばたしていたが、そのときはまだ部屋にいたような気がする。顔を合わさなかったので、チユキさんには母についても何もいわなかった。毎日、顔を合わせるときもあれば、こんな近い場所にいるのに、何週間も顔を見ないときもある。クマガイさんは、

「私たちと同年輩だったら、あわてて部屋をのぞくところだけど、彼女は大丈夫でしょう。またアルバイトにでも行っているんじゃないのかしら」

とのんびりしていた。

「仲居さんのアルバイトは断るっていっていましたからね。他のところに行っているのかな」

「声をかけたくても、私やあなたがいなかったときもあるでしょうしね。まあ、そのうち戻っ

てくるでしょ」

彼女にいわれると、そのような気になってきた。いくら仲のいい隣人同士だからといって、年長者が若い人の生活に首を突っ込むのはよろしくないという意見で一致して、年長者の集まりは散会した。

翌日、隣の戸が開く音がした。チユキさんが帰ってきたらしい。窓を開ける音がしたので、キョウコも窓から首を出すと、手にしていた手ぬぐいを物干しロープに干そうとしている彼女と目が合った。

「あ、こんにちは」

胸に黒い線画の柄がプリントされた白いTシャツ姿のチユキさんが、こちらを向いてにっこり笑った。

「こんにちは。今、帰ってきたの？」

「はい、そうなんです。ちょっと山に行っていました」

「ああ、いつかモデルをした、おじいさんのところ？」

「いえ、あの、違うんです」

恥ずかしそうに彼女は笑った。それを見たキョウコは、

（ん？　これは仕事ではないな）

と直感したが、あれこれ穿鑿するのはいけないと自制した。

「そう、きっと山は気持ちがよかったでしょうね。よかったわね、リフレッシュできて」

「はい、すっきりしました。おみやげがあるので、あとでお持ちしますね」

「ええっ、いつも気を遣ってもらって、申し訳ないわ」

「いいえ、あとでうかがいまーす」

彼女は明るくいって、顔を引っ込めた。自分は相変わらずどこへも行かないので、おみやげなどを買う機会がない。納骨式のときに実家の近くの寺に行ったとき、門前に最中を売っている店はあったけれども、特に珍しいものではないし、納骨土産なんていうものはないので、買ってこなかったのだ。

いつも悪いなあと思っていると、チユキさんがやってきた。

「代わりばえしなくてすみません」

ザルに入っていたのは、目一杯手を伸ばしたような青菜、きのこ、そば、リーフレタス、トマト、アスパラガス、味噌、いちご、りんごのコンポートだった。

「すごい、これはクマガイさんと分ければいいのかしら」

「いいえ、これはキョウコさんの分です。クマガイさんには同じくらいありますから」

「こんなにたくさん？　うれしい」

「いつもこんなものしかなくてすみません」

「とんでもない。いちばんうれしいわ。どうもありがとう」

礼をいうとチユキさんはにっこり笑ってくれた。

「今回はずいぶん長かったみたいね」

「そうなんです。本当はもっと早く帰るつもりだったんですけれど、だらだらと長くなっちゃって」

「山にいたらこっちに帰って来るのがいやになっちゃうわねえ、きっと」

「そうですね。どっちもいいところがあるんですけどね。ずっと片方にいると、別の方に行きたくなっちゃうっていう……。都合よく動いている感じでしょうか。あ、それと仲居さんのアルバイトはきっぱりとお断りしました」

「女将(おかみ)さん、残念がっていたでしょう」

「ええ、とても。『食べるのに困ったら、いつでもいらっしゃい』っていってもらいました。帰るまで何度も、『あーあ、やめちゃうの。あー、そうなんだ』なんて、ため息をつきながら何度もいわれてしまって」

彼女は苦笑していた。

「いいじゃない、また何かあったら、お願いしますっていえばいいのよ」

「そうですよね、わかりました。もしもそんなことになったら、ちゃっかり、またお願いしますっていっちゃいます」

彼女の悩みがひとつ消えたのはよかった。取り急ぎの用事は済んだのに、チユキさんの様子がいつもとはちょっと違った。いつもはさばさばと、

「それでは失礼します」

と帰るのに、今日はちょっと何かいいたそうな気配を感じた。

「チユキさん、よかったらお茶でも飲んでいかない？　駅前のお茶屋さんに、おいしい番茶が入ってたから買ってきたのよ」

声をかけると彼女は、

「いいですか、すみません。お邪魔します」

と部屋に入ってきた。

「いつもの通りの何もない部屋で……」

とキョウコがいうと、

「でもちゃんと刺繍の額が飾ってあるし。素敵ですよ。うちも相変わらずちゃぶ台ひとつとタンスだけですから」

と彼女は笑った。番茶のついでに買った、手焼きのわれ醤油（しょうゆ）せんべいがあってよかったと思

いながら、キョウコは番茶を淹れて、せんべいと共にチユキさんの前に置いた。

「ああ、番茶はおいしいですよね。ほうじ茶もそうですけど、がぶがぶ飲んじゃうんですよ。夏の麦茶も飲み過ぎてあぶないんですよね」

モデルさんのような外見からは想像できないくらい、彼女は昭和の人だった。お祖父さんに育てられたこともあるのかもしれない。

「膝を崩してね」

正座をしている彼女に声をかけると、

「はい、そうします」

と横座りになって長い脚を伸ばしかけたものの、

「やっぱりこっちのほうが楽です」

と体勢を元に戻した。

「いただいていいですか。私、こういったおせんべい、大好きなんです。われせんって形が整っているものよりも、なぜかおいしく感じますよね」

「おまけに安いし」

「袋にどーんと入ってますしね」

二人で笑いながら、せんべいに手を伸ばしては番茶を飲むのを繰り返していた。

しばらくするとチユキさんは小さく咳払（せきばら）いをして、

「あのう、私、結婚するんです。といっても事実婚なんですけど」

といった。

「ふぁああ？」

思わず妙な声が出てしまい、キョウコは自分でもおかしくなって笑ってしまった。

「ごめんなさい、あなたのことを笑ったんじゃないのよ、今の私の声、いったいどこから出たんだろうって、自分でもびっくりしちゃって」

チユキさんはくすくす笑っている。びっくりしたまま、キョウコの頭の中はぐるぐる廻っていた。

（結婚するって、ここに住むのかしら。まさか、こんなところで新婚生活なんて……）

昔、旅行で訪れた盛岡（もりおか）の石川啄木（たくぼく）の「啄木新婚の家」を思い出した。古い木造家屋なのだが、新婚の家といっても、両親と妹が同居なのである。それで新婚生活のプライバシーは守られたのだろうかと、襖（ふすま）で仕切られている昔ながらの家の中を見ながら、若い自分は余計なことを考えたのだった。

ここもそことは大して変わらない。というか、啄木新婚の家よりも、広さがない分、より条件が悪い。まさかここで若い二人が新婚生活を送るとは、いや、さすがにそれはないだろうと、キョウコはじっと彼女の顔を見つめながら、ものすごい早さで様々なことが浮かんできた。

「ごめんなさいね。急だからびっくりしちゃって。でもそうよね、何もおかしいことでも何でもなくて、当たり前よね」

衝撃からちょっと落ち着いてきたキョウコは、しみじみとチユキさんにいった。

「おそれいります。こんなことになってしまいました」

彼女は正座したまま頭を下げた。そして相手について話してくれた。彼はチユキさんとは別の美術系大学を卒業していて、知り合ったのは彼女の大学で、学生たちが思い思いに作ったグッズを地方のイベントで売ったときだった。そこにいた人の友だちで、暇だし面白そうだから来たといっていた。そのときに余ったマグカップを、キョウコが購入したのだった。

「そうだったの。相手の方は、今、何をしているの？」

「簡単にいうと無職です」

「無職？」

彼は大学で鍛金(たんきん)を学んでいて、卒業後はゲームデザイナーとして会社に勤めていたのだが、今の自分の生活はこうあるべきではないと決めて会社をやめ、山にこもってしまったというのだ。

「何でも円空(えんくう)が彫った素朴な仏像を見て、心がゆさぶられたそうです」

キョウコは詳しく円空については知らないが、たしか日本中を旅しながら、そこいらへんにある木で仏像というか仏の姿を彫り、その数は十何万体といわれている修験僧だ。

「それも表情がわかる仏像よりも、何となく人の形をしているのかなというような、簡素で朽ちているようなものが好きで、『この一見、ただの木の形に思えるフォルムに、すべての精神性が表現されているんだ』ってものすごく力説するんです。最初に会ったときに圧倒されましたが、彼のいいたいことが私にはわかったので。まあ、そんなところです」

結局、彼は山の麓に小さな家と周囲に土地を借り、畑を耕して自給自足の生活をはじめた。会社に勤めていたときは、都心のガラス張りのタワーマンションの四十階に住んでいたという。

「そして山に移住してからは、畑仕事の合間に、ずーっと木で仏像を彫っているんです」

「それを売っているの」

「そうじゃないんです。ただずーっと彫っているだけなんです。最初は、この人、大丈夫かしらと心配になったんですが、ごく普通の人なので安心しました」

「いやあ、ごく普通かどうかは……。そういう人は山にこもって、注文もされていないのに、仏像は彫らないと思うけど」

「それはそうですよね。やっぱり変なのかなあ」

「人間は全員、どこか変なのだから、一般常識さえ持っていればいいのよ。他人に迷惑をかけないとか、思いやりがあるとか」

「ああ、それは大丈夫です。その点では普通です」

チユキさんはふふふっと笑った。

彼は朝起きて簡単に顔を洗うと、すぐに畑に出て作物の生り具合をチェックする。そして食べ頃の野菜などを収穫し、それで朝食を作る。その後は風呂に入り、あとは裏山の所有者から許可をもらって自らが切ってきた木や、拾ってきた木を使って、仏像を彫り続ける。昼食を食べた後は必要があれば畑に出て仕事をし、夕方からはまた仏像彫り。夜も畑で採れた野菜や、村のなんでも屋で販売している豆腐や鶏肉などを買ってきて、夕食を作る。そして夜も寝るまで仏像を彫っているというのだった。

「集中力はすごいんです。コンピュータやディスプレイの前にずーっと座っていて、力仕事はほとんどしなくなっていたので、最初は軽く腰をやられたっていってました。それでも学生時代に鍛金をしていたのは、少し役に立ったのかもしれないっていってましたね。何もしていなかったら、ぎっくり腰で寝込まなくちゃいけなかったかもって。近所といっても結構離れているんですけど、そこの家のおじいさんとおばあさんが、体を使うコツを教えてくれて、それをマスターしたといっていました。雨が降ったりして畑仕事ができないときは、持ち物の九割は処分してきたのですが、伊藤計劃と円空の本だけは持ってきたので、それを繰り返し繰り返し読んでるんです」

「本当に晴耕雨読の人なのね。チユキさんは、『私のことを、もっとかまって』なんていうようなタイプじゃないから、よかったのかもしれないわね」

「そうですね。ほったらかされても平気ですからね。でも昔、ほったらかされていたと思っていたら、すでに愛想をつかされていたこともありました」

「えーっ、別れるとか、そんな話もなく？」

「ええ、気がついたら相手は他の女の子のところにいってました。ずいぶん連絡がこないなと思っていたら、すでにそっちでカップルになっていて」

「あらー、それってひどくない？」

「まあ、ひどいっていえばひどいんでしょうけど。私が鈍感なんでしょうね。友だちにも、『普通は女の勘で途中で気づくよ』っていわれちゃいましたけど」

こんなに非の打ち所のない美女でも、ふられたりするのだ。

「仏像の彼も我が道をゆくタイプでしょう。そういう男性って、結婚するのを選ばない人も多いんじゃないかしら、特に現代は。あなたがそういうタイプだから、彼も気持ち的に楽なのかもしれないわね」

「さあ、どうですかねえ。穏やかな人なんで、私が何かやらかしても、しょうがないなあっていう感じでしょうか」

畑仕事を手伝ったときも、最初は野菜の芽と雑草の区別がつかず、野菜の芽のほうを多く抜いてしまったときも、彼は、

「あれ～？　そうなの？」

とのんびりといって頭をかいた。そして、

「ま、いいか」

といって彼女には何もいわなかったという。

「万事、そんな調子なので、私でも、まあ、よかったみたいです」

「私でもなんて。あなたみたいなお嬢さんは今時いないわよ」

キョウコは褒めた。

「そうですか。じゃあ、私も褒められているんだからって、今度彼に会ったときには自慢します」

「そうそう、ちゃんといったほうがいいわよ」

「でも、『ああ、そう』で終わりですよ。自分が褒められたいとか、中心にいたいとか、まったく考えない人なので」

「そうじゃなければ、タワーマンションの生活を捨てて、無職になって仏像は彫れないわよ

ね」

「そうなんですよね」

「職業にする気はないの？」

「ないみたいです。有名な仏師の方なら別ですけれど、仏像ってそんなに売れるものじゃないし。まあいちおうデッサンなどは勉強しているので、形にはなっているかとは思うんですが、そういうと彼は、『何も学んでいない人間が、感性で彫るから素晴らしいんだ。ぼくは学びすぎた』なんていっています」

「なるほど」

キョウコはうなずいた。まじめに勉強をした人ほど、何も教わらず、意のままに創作する人に対して、差を感じてしまうのかもしれない。

「今はSNSで発信している人も多いでしょう。それを広告がわりにして生業（なりわい）にしている人もいるみたいだけど」

「そういうのも嫌いなんです。昔はそのなかに自分もどっぷり浸（つ）かっていたのに」

「そこから抜けだしたかったのね」

「そうですね。新しい自分として生きるっていっていましたから」

最先端から逆の方向に戻ったのだろうか。

「チユキさんは、前の彼と今の彼とどっちがいい？」

「前のタワーマンションのときは知り合っていなかったので。でも画像を見たら笑っちゃいました。いかにもっていうような、お洒落な格好をした男の人がいたので」

同僚が部屋に遊びに来て撮った画像は、ガラス張りの高層マンションから、憂いを帯びた表情で、窓の外を眺める彼の姿だった。夕焼けが窓の外に広がり、まるでマンハッタンで撮影したかのようで、見たとたん、大笑いしてしまった。すると彼も、

「何なんだ、こいつっていう感じだよね」

と恥ずかしそうにしていたという。彼がチユキさんに見せた後、画像を消そうとしたので、それをチユキさんが、「こういう恥の時代があったことを忘れるな」といって、自分のスマホに転送し、彼にも保存させたという。

キョウコは彼の姿を見たくてたまらなかったが、若い人に向かって年長者が、彼の画像を見せてというのも気が引けるので黙っていると、それを察したかのように、チユキさんが、

「よろしければ彼の画像、見ていただけますか。なかなか二人揃ってご挨拶はできないと思うので」

といってくれた。

「見ます、見ます、拝見しますよ」

彼女が差し出したスマホを見ると、そこには例の彼の恥ずかしい画像があった。

「素敵な人ね。モデルさんみたい」

キョウコはため息をついた。

「身長は私よりも少し高いから一八六センチくらいかな。もしかしてまだ身長が伸びているかもなんて、恐ろしいことをいってるんですよ」

「あらー、素敵よ」

キョウコが感激していると、次に畑仕事をしている姿の画像を見せてくれた。鍬(くわ)を手ににっこり笑って立っている。かっこいい人というのは、寝癖が立っていても無精髭(ぶしょうひげ)が生えていても、ズボンが汚れていても、ゴム長靴を履いていても、素敵なのがよくわかった。

「美男美女カップルね。二人で歩いていると目立つでしょう」

「ただ大きいだけですよ。二人で村のなんでも屋に買い出しに行ったら、地元の知らないおじさんに、『男も女もでっけえなあ』なんて大声でいわれたりして。本当なのでしょうがないんですけど」

チユキさんは笑っていた。

彼女と彼はそれぞれ今の家に住んで、チユキさんが時折、彼のところに通うシステムにしたそうだ。

「彼がここに来ても、でかいのが二人いて邪魔なだけです。向こうの家は台所の他に三部屋あるので、顔を合わせなくても済みます」

それだったら、山での同居は考えなかったのかとキョウコがたずねると、彼女は、

「こういっちゃ何ですけれど、自然は豊富にあってたしかにきれいなんですけど、他に何の楽しみもないところなんですよ。私に仕事があるのなら別なんですけれど、あちらに居てもただ彼の周りをうろうろするだけになっちゃうし。自分にもそういう環境はよくないなって思ったんです」

と顔をしかめた。

「だって相手はずーっと仏像を彫っているんですよ、収入もなく。私はたしかに家賃収入はありますけど定職はないし。黙々と仏像を彫っている男と、それをじっと見ているだけの女、そして二人ともでかいっていうのは、変じゃないですか」

とチユキさんは情けなさそうな顔をした。

「でもそういうところから、あなたの好きな江戸川乱歩(えどがわらんぽ)の世界が生まれそうだけど」

「いいえ、ぜーんぜん、そんなんじゃないんです」

「あら、そうなの?」

「ええ、根本的に雰囲気が明るいので。淫靡(いんび)な感じがまったくないんです。残念……」

チユキさんは彼の生活には理解を示しつつ、そこで暮らすことは考えていないといっていた。

「あちらには、たまに行くくらいで、ちょうどいいんです。彼も『気が向いたら来れば』なんていっていますから」

彼女は笑った。

一時間ちょっと話をして、彼女は恐縮しつつ部屋に戻っていった。若い二人がこれからどうなっていくのか、キョウコは楽しみになった。と思った瞬間、

(若い人の生活には首を突っ込まないこと！　あちらから何かいってこない限り、あれこれ聞かないこと！　わかったわね！)

と自分にいいきかせた。クマガイさんにも、「ちょっと、クマガイさん、チユキさんから聞きました？」というような、ご町内の事情通のおばさんみたいに、チユキさんの許可も得ずに、勝手に彼女のプライバシーを話すのは慎まなくてはならない。

そういえば亡くなった母は、ご近所の事情通のおばさんが、町内の噂をあれこれ話すのを聞いて、

「ああいう人って本当にいやね」

などといっていたくせに、彼女からの情報をいちばん知りたがっていたのは自分ということに気づいていなかった。なのにあんな人間にはなりたくないものだといい、事情通のおばさん

をばかにし続けていた。チユキさんのおめでたいというべき事実婚の告白のときに、何でよりによって亡くなった母の性格の悪さを思い出したりしたのだろうと、キョウコは苦笑するしかなかった。

4

キョウコと同じく、チユキさんからジャガイモや玉ねぎのおみやげと共に、事実婚の報告を受けたクマガイさんは、キョウコとの食事会に彼女も招こうと提案した。

「お祝いっていうほどじゃないけれど、年長者からちょっとだけ」

「そうですよね、いいと思います。でもクマガイさんの……」

「いいの、いいの、最年長なんだから、私にまかせて」

チユキさんも恐縮しつつ、喜んで参加したいといってくれたそうだ。お招きいただくと、まず、いったい何を着たらいいんだろうかとキョウコは悩んでしまったものだが、今回はすでに着る服は決めているので、とても気が楽だった。

ふだん外出しないので、人出が多い場所に出ると、おたおたしてしまう。慣れている人は一定のリズムに乗って、スムーズに移動できるのだろうけれども、まったく世の中の流れに慣れていないキョウコは、何度も人にぶつかりそうになり、「すみません」「ごめんなさい」を連発しながら人混みのなかを歩いていた。しかしどの人も不愉快そうな顔をするわけでもなく、キョウコのほうがぶつかってしまったのに、向こうから「ごめんなさい」といってくれる人も多いのに驚いた。「いいえ、大丈夫です」といってくれる人もいた。みんな優しいなと思ったのだが、もしかしたら、攻撃的な言葉を吐いてしまったら、この大人数の人の流れを乱してしまうのがよくわかっているので、みんな気を遣ってやり過ごしているのかもしれない。慣れない自分に、会社で働いている人たちは気を遣ってくれたのだ。

やっと人出が多くない道路に出たものの、入る路地を一本間違え、少しうろうろしたけれど、約束の時間前にクマガイさんの知り合いのお店にたどりついた。庭にたくさんの木が植わっている一軒家で、木の柵（さく）に小さく店名が出ているだけだった。童話のヘンゼルとグレーテルのお家（うち）って、こんなふうだったのかなと思わされた。木の重いドアを開けると、クマガイさんはすでに店のいちばん奥のテーブル席に足を組んで座っていて、窓の外を眺めていた。白髪をさっと赤い髪留めでまとめている。出会ったときから、ネイティブアメリカンのような人だと思っていたが、最近は神々しさが加わったように感じる。ふだん会っているときは、Ｔシャツにだぼっとしたパンツスタイルの、気さくなおばさんといった感じなのだが、淡いブルーの麻のチュニックに白の細身のパンツ、ぬめ革のサンダルにブルーのペディキュアといった姿を見ると、彼女の本質が垣間見えるような気がした。

「お待たせしました」

若い女性スタッフに案内されてキョウコが声をかけると、いつもの気さくなおばさんの表情になって、

「すぐにわかった？　みんな近所で迷っちゃうんだけど」

と明るくいった。

「いいえ、その通りに近所でちょっと迷いました」

キョウコが正直に答えると、

「そうでしょう。ほらね、だからもうちょっとわかるようにしたほうがいいいって」

とカウンター内で働いている年輩の男性に声をかけた。

「それは申し訳ありませんでした」

働きながら彼は、にっこり笑ってキョウコに頭を下げた。

「いえいえ、ちゃんとたどりつけたので大丈夫です」

「ほら、たどりつくっていう感じなのよ。駅からそれほど遠くないのに」

キョウコの言葉がまた彼にプレッシャーをかけることになって、これはまずかったと緊張した。

「そうだねえ。でも、いちいち目印とか看板とか立てるのって、好きじゃないんだよね。住所は書いてあるんだから、うちのお店に来たい人は、探してきてっていいたいんだよね」

「本当に昔から強気ね」

クマガイさんは呆れたように笑った。

「本当にそうなんだよ。それで何十年もやってこれたんだから、お客様に感謝するしかないよね」

彼も笑った。

広くはない店のテーブルやカウンターはすぐに埋まり、常連とおぼしき人たちばかりで、年齢層もやや高かった。それがキョウコには心地よかった。昔は流行の店をいち早く予約するのが職務だった。無機的な室内にテーブルセッティングが派手な店で、料理はそれほどおいしくもない。仕事の打ち合わせのはずなのに、いつの間にか危ない恋愛話になっていく。キョウコは接待する側なので、積極的に話には加わらなかったけれど、雰囲気だけが一番で、料理の味なんて二の次、三の次なのだったと思う。照明を落としたなか、ステーキに花火が刺さっていて、ぱちぱちはじけていたのを急に思い出した。それを見た、当時大人気だった女性アイドルが、手を叩いて大喜びしていたのを覚えている。

今は、派手にPRして若い人が飛び付くような店は気後れしてしまって、とてもじゃないけど足を踏み入れられない。地道にひっそりとたたずんでいるような店に惹かれる。しかしそういった店は淘汰されて、好きなお店はどんどん減っていった。クマガイさんがこれまで連れていってくれたお店は、どれもキョウコの好みだった。しかしそのような店の存続も、オーナーの年齢にかかっているし、うまく代替わりしたとしても、先代の雰囲気を引き継げるかというとそうではない。それを求めるのも酷な気がするし、今、この場で楽しむしかないのだ。

ドアが開いて、もしかしてドアよりも背が高いのではないかと思われるようなチユキさんがやってきた。白のTシャツに、シンプルな黒のワイドパンツでも、とてもお洒落だ。

「お待たせしてごめんなさい」

チユキさんは深くお辞儀をした。

「いいのいいの、まだ時間になってないわよ」

クマガイさんとキョウコが、申し合わせたように同じ言葉を口にして、顔を見合わせてふふっと笑った。

「近くで迷ったでしょう」

当然、といったふうにクマガイさんが聞いた。

「そうなんです。ちょっと先に行ってしまって。路地を歩いていたら、社員寮に迷い込んで、そこにいた子供たちに『わーっ、進撃の巨人が来たあ』なんて騒がれちゃって。もう、いったい何なんですかね」

チユキさんは苦笑した。

「ひどいわねえ」

「大人に向かって、よくそんなふうにいうわね」

二人は笑いをこらえながら慰めた。

「たしかに急いでいたので、大股でがんがん歩いていたのは事実なんですけど……。でも結局、あれは化け物ですからね」

チユキさんは情けなさそうに笑った。

「お疲れ様、美人の巨人さん、ワインはいかが」

クマガイさんが勧めると、彼女は顔の前で手を振って、

「いえ、私、飲めないので」

と断った。

「ああ、それじゃ、ガス入りのミネラルウォーターでいいかしら」

「はい、それでお願いします」

「キョウコさんは？」

はじめてキョウコさんと呼ばれた気がして、ちょっとびっくりしたが、

「私もチユキさんと同じで……」

とお願いした。

「あら、そうなの。二人とも飲まないのね。じゃあ、私はグラスワインにしようかな。といってもこのお店はワインリストはないのよね。そのときの気分で入れ替えちゃうんですって」

といった後、

「料理はおまかせっていっておいたけど、グラスワインひとつも白でも赤でもおまかせでね。それとお嬢さんたちにガス入りのお水を」

と注文してくれた。

「さてと」

クマガイさんは真顔になった。そして、チユキさんの顔を見ながら、

「おめでとうございます。よき伴侶(はんりょ)を得て、よかったわね」

といった。そういわれた彼女は、えっと恥ずかしそうにのけぞりながら、

「いやあ、恐縮です。何だかこんなことになってしまって。そんなつもりじゃなかったんですけど。でも、まあ、いいかっていう感じで」

「いいの、いいの、それでいいの。そんなものよ」

クマガイさんは笑った。結婚の経験がないキョウコは、アドバイスをする言葉もなく、チユキさんの隣でにこにこと笑っているしかできなかった。

「二人でやっていくんだと決めたら、世の中の誰かが決めた基準なんか、無視すればいいのよ。他人に迷惑をかけているわけでもないし」

「そうなんです。相手は無職なんですけど……他人様には迷惑をかけてないと思います」

「自給自足なんでしょう。立派じゃないの。立派に自立してますよ。どんないい会社に勤めていたって、いつ倒産するかわからないしね。そうなったときに自分の食べる物を作れる人が、どれだけいるのかって思うわ」

「でもプロの農家ではないので、うちの畑だけで採れているものだけだったら、ちょっと栄養的にまずいような気がします」

「それはそうよ。でもあなたたち二人は、協力し合って、ちゃんと生活できているのだから、それでいいのよ」

「ちゃんと生活できているんですかねえ。今のところ住むところと食べる分は何とかなっていますけど。でも売りもしない仏像を一生懸命に彫っている姿を見ると、立派だなあと思う半面、大丈夫かなって思うんですよねえ」

「それはそうよね」

年長者二人はつい笑ってしまった。仏師として仕事をしているのならともかく、自分の「好き」だけで彫り続けている姿を見たら、不安になるのも当然だろう。

バゲットと共に、おいしそうな料理が運ばれてきた。生ハム、サラミ、きのこのマリネ、チーズ、スモークサーモンなどの冷製前菜と、レタス、パプリカ、トマト、ハム、ゆで卵、オリーブのサラダが運ばれてきた。

「おいしそう」

といいながら食べはじめると、ソテーしたフォアグラ、ほうれんそうのキッシュ、そら豆とキャベツのクリーム煮が運ばれてきた。

「豪勢になってきました」

チユキさんの目が輝いた。三人が食べて空いたお皿をさりげなく下げたと思ったら、すかさずまた新たなお皿がテーブルにのせられる。ちょうどいい分量のステーキに、エンダイヴ、チコリ、クレソンなどの緑色のサラダ、ジャガイモなどが付け合わせてある。三人は「おいしい」とうなずきを繰り返しながら食べ続けた。そしてステーキを食べ終わると三人はお互いの顔を見ながら、

「ふう」

とため息をついた後、ふふふふっと笑った。

「一気に食べてしまいましたね」

キョウコが笑うと、

「本当にそうです」

とチユキさんが口のまわりを紙ナプキンで拭いた。

「ここに来るとみんなそうなっちゃうのよ。量が絶妙だから、まず目で、これは全部食べられるって思うのよね。そしてその通りに全部食べられる」

若い頃と違って、量が食べられなくなってきているので、どっと出て来ると、食べきれるかが心配になってしまう。残すのが罪悪と感じる世代なのである。しかしここのお店の料理は、するすると何の抵抗もなく食べられる、とても気持ちのよい料理なのだ。

「ワインもおいしかった。この歳になるとグラスワイン一杯くらいがちょうどいいわね」

クマガイさんがそういって、空のグラスを持つと、いかにも大人の女の人という感じで格好いい。

「まだデザートというお楽しみがありますからね」

三人があれやこれやと、女子高生みたいにデザートを選んでいると、好きなものを盛り合わせてくれると聞いて、喜びは爆発した。

「やったー」

思わず声をあげたチユキさんは、はっと口を押さえて、周囲を見回した。

「大丈夫。聞こえてないから」

キョウコが声をかけると、

「そうみたいですね。よかったです」

と小声になり、チーズケーキ、ガトーショコラ、タルト、フルーツフランベ、各種シャーベット、ムースなどなどから、盛り合わせを頼んでいた。

「本当なら、ひとつひとつお皿の上にきれいに盛られて出てくるのを、一緒にしてもらうのは申し訳ないですね」

反省したようにチユキさんはいった。美術の勉強をしていたので、やはりお皿の上のバランスを考えるのだろうか。そんな姿を見たクマガイさんが、オーナーに聞いた。

「そういうのは、全然、かまわないの。みんな好きなものを好きなだけ食べて欲しいから。うちのお店、すかしてないから」

「ですって。だから遠慮なく食べて」

クマガイさんにいわれてチユキさんは、

「はい、ありがとうございます」

とうれしそうな顔になった。キョウコもつい、三種類をお願いした。クマガイさんはシンプルにミントのシャーベットのみだった。

飲み物は三人ともエスプレッソにした。

ひときわ大きな皿に盛られたデザートを、気持ちがいいくらいにチユキさんは平らげていった。

「パートナーの方も一緒に来られればよかったわね」

クマガイさんがそんな彼女に声をかけた。すると首を横に振りながら、

「彼は会社に勤めていたとき、昼も夜もレストランでっていうような生活をずーっと続けていたので、もういいっていってました。今年は味噌を造りたいなんていいはじめて、自給自足も大変なことになってきました」

「これからはそれがいちばん強いわよ。消費してばっかりの人がいちばん弱くなるわね。物がなくなったら、自分で何も作れないんだもの。といっても私も同類だけど」

「近所に何か食べられるものはありますか」

キョウコはまじめに考えた。自分だって自給自足生活などしたことがないから、何も生み出せない。

「うーん、ちょっと離れた空き地に、よもぎが生えているのを見たことはあるけど、草餅ばか

り食べるわけにもいかないしねえ」

「クマガイさんは作れるんですか」

「うん、大昔に親と一緒に作った記憶があるから、作れると思う」

「さすが」

チユキさんは感心していたが、

「パートナーに聞いたら、きっと知っているわよ」

といわれて、

「ああ、そうですね。今度聞いてみよう」

と笑っていた。

その間、キョウコは近所に何か食べられるものはないかと頭をめぐらせていたが、どれも他人様の敷地内で生育している葡萄(ぶどう)だったりトマトだったり葉物だったりで、見ず知らずの他人が勝手に採っていいものではなかった。

「ああ、思い当たりません。よもぎで我慢するしかないのかな」

「よもぎはね、草餅だけじゃなくて、お茶にもできるから、まあ役には立つわよ。どくだみもよそのお宅から道路にはみでて生えていたりするから、それは採っても大丈夫かも。でもそれもお茶だしねえ」

クマガイさんとキョウコは、昔の知恵を出し合い、結局は米と乾物と味噌を常備しておくしかないのではという結論に達した。チユキさんはそれをにこにこしながら聞いていた。

「だいたい、おいしいフレンチを食べた後に、する話題じゃないわね、失礼しました」

クマガイさんが頭を下げた。

「いえいえ、とんでもない」

キョウコとチユキさんもあわてて頭を下げた。

クマガイさんがお会計を済ませてくれて、タクシーまで拾ってくれた。幸い、れんげ荘はたおれ荘ともいわれているが、場所だけは便利なところにあり、タクシー代はそれほどかからない。

「進撃の巨人はやっぱり腹一杯食べてしまいました」

お腹(なか)をさすりながら、チユキさんがいった。車の中ではおいしかった料理で盛り上がったり、クマガイさんから、若い頃のオーナーの彼女が有名な女優さんだったという話を聞き、

「へええ」

と驚いたりした。

「でも別の方と結婚なさったんですよね」

チユキさんがたずねると、

「相手がどんどん有名になっていくから、結局は振られたみたいよ。別の人と結婚したけれど離婚して。でもお店で奥さんに引き取られた娘さんが働いているから、別れても仲がいいんじゃないかしら」

とクマガイさんが教えてくれた。クマガイさんの周囲には、濃い人が多かった。道路は空いていて、タクシーはあっという間にアパートに到着した。代金はキョウコが支払った。

「運転手さん、三人が降りた場所がここだから、驚いたんじゃないかしら。あの三人、ここで何してるんだろうって」

クマガイさんがそういったので、あとの二人は運転手さんの頭の中を想像して、顔を見合わせて笑った。そしてクマガイさんに丁寧に御礼(おれい)をいい、

「おやすみなさい」

と自室の戸を開けてそれぞれの部屋に入っていった。

キョウコはふうっと小さく息を吐いて、ベッドの上に座って少し休んだ後、部屋着に着替えた。こんな生活でも、だらしなくなってはいけないと、部屋着と寝間着は分けている。この部屋は洗面所が別になっているわけではないので、洗顔も台所のシンクでする。最近は石けんで落ちるプチプラの化粧品が多くなって、本当にたまーにしか化粧をしないキョウコには助かっていた。勤めているときに、一本、何万円もする化粧水を使っていたのが嘘(うそ)のようだ。複数の

同僚の女性社員から、

「あれを使ったら、他のものは使えないわよ。肌の状態が全然違うんだから」

と勧められたので、ずっと使い続けていた。たしかに悪くはなかったが、今は千円以下のものを使い続けていても、特に顔面の状態に問題はない。代金のほとんどは、化粧水が入っていた美しい瓶代と、企業の広告費だったのだろう。でもそのときはそれに満足していたのだから、それでいい。キョウコのようになるべく出費を縮小したいと考えている分野に、低価格のものがあるのはありがたいのだ。

化粧を落としてさっぱりし、またふうっと息を吐くと、チユキさんの部屋から鼻歌が聞こえてきた。きっとキョウコと同じく、彼女も楽しい時間を過ごしたのだろう。鼻歌を聞いているうちに、星野源（ほしのげん）の「恋」だとわかった。これくらいはキョウコでも知っていた。ただしわかるのはラジオから流れてきた曲に限られてはいるが。すると反対側のお隣、クマガイさんの部屋からも小声の歌が聞こえてきた。こちらはいったい何かしらと耳を傾けていると、美空（みそら）ひばりの「港町十三番地」だった。父親がこの曲が好きで、家でよく歌っていた。ただし母親が家で歌謡曲を歌うのを嫌っていたので、彼女のいないときは大きな声で、いるときは聞こえないような小さな声だった。子供のキョウコが、

「その歌、何の歌？」

と聞くと、歌手と曲名を教えてくれた。真似をして歌おうとすると、

「だめだめ、お母さんに怒られるから。覚えなくていいよ」

と父に止められた。父親が亡くなって、テレビで昔の歌謡曲の番組があり、この歌が流れても、母親は、お父さんが歌っていたとか、そういった思い出はひとつも話さなかった。もともと歌謡曲には興味がなかったようだし、かといってクラシックや洋楽にも興味がなかった。音楽全般に無関心なようだった。その分、活け花に力を入れていたのかもしれない。


クマガイさんの美空ひばりは、ややハスキーで低音だったが、歌はとても上手だった。チユキさんはさすがに今の若い人なので、鼻歌でも上手だしリズム感がとてもいい。その二人に挟まれているキョウコは、音楽は好きだが歌には自信がなかった。音痴ではないと思うが、声質がよくないというか、自分の好きな声ではないのだ。会社員のとき、風邪をひいていて電話に出たら、相手に男性と間違われたこともあった。もうちょっと高くてきれいな声だったらよかったのにと何度も思ったが、それはどうしようもない。特に最近は声が出にくくなってきたような気もしてきた。喉も老化してきたのだろう。

「それでも楽しいことはあるからなあ。今日みたいに」

キョウコはベッドの上にひっくり返りながら、ビストロでの食事や会話を反芻していた。量もほどほどで、やさしい料理。感じのいいお店の人と、いつも楽しく話ができるお隣さんたち。

「私、恵まれてるな。自分の欲しいものがすべて手に入っているんだもの」

会社をやめたときに手に入れたいと考えていたのは、とにもかくにも自由な生活だった。金銭的には不自由かもしれないけれど、気持ちが自由になれるのは、何物にも替え難い。最初は貯金を切り崩して十万円で生活できるのだろうかと、正直、不安だったが、さすがに何年も暮らしていると、いわゆる暮らしのめりはりがつけられるようになり、ここでお金を使ったら、ここで締めるとか、我慢するとかいうことに慣れてきた。特に歳を重ねて感じるのは、自分が無職で、通勤などがないからかもしれないが、ただ暮らすには本当に物は少なくていいということだった。

服も手洗いすると長持ちするので、ほとんど買わなくなった。クマガイさんからもセンスのいい服をいただくので、都心に出かけるのも気後れしない。冷蔵庫が小さいので買いだめというものができず、こまめに食材を買いに行くのと、部屋とシャワー室に飾る花を買うくらいだ。本は書店でも買うけれど、図書館で借りるほうが多い。買った本は図書館の交換本コーナーに置いてきて、そこに読みたい本があったらもらってくる。

実家にいたときに、何十万円も使って洋服やバッグ、靴、化粧品を買っていた生活っていったい何だったのだろう。たしかに今よりは自分の見栄えははるかに良かったかもしれないが、それはそれらのもので飾っていたからだ。今はほとんど化粧もせず、昔から着ている服を着続けている。それらは新しい服を着たときの緊張感はないけれど、着たとたんにすでに自分の体になじんでくれて、服を着ている感覚がない。当時の同僚が自分の姿を見て、みすぼらしいと感じても、それはそれでいいのだ。今の自分に満足しているから、他人に何といわれても気にならない。だいたいあの会社にいる人たちに、友だちになりたくなるような人はいなかった。

しかし身内に心配されると、ちょっと心は痛む。兄夫婦の同居の申し出の返事も、曖昧(あいまい)に延ばし続けていた。できればずっとこのままここに住みたかったが、クマガイさんの言葉どおり、れんげ荘と自分たちとどっちが倒れるのが先かといった様相を呈しているので、将来、どうなるかはわからない。もしもれんげ荘に住めなくなったとしたら、同程度の家賃の物件を求めて、住む場所を探すしかない。れんげ荘がこのまま永遠に建ち続けて欲しいというのが、今のいちばんの願いだった。

チユキさんの楽しそうな鼻歌は、曲が変わってまた続いていた。あれは、宇多田(うただ)ヒカルの「花束を君に」だなあと思いながら、この隙にシャワー室を使ったほうがいいか、それともみんなが寝てからのほうがいいかなとか、いろいろと考えた。すると「港町十三番地」をすでに歌い終わったクマガイさんの部屋の戸が開き、シャワー室に入った音が聞こえた。二十四時まで営業している、徒歩五分のところにある銭湯に行こうと思い立ち、エコバッグに手ぬぐい、タオル、石けんなどを入れて外に出た。

女湯は空いていた。客層はキョウコよりも年長の人が多いが、若い女性も多い。彼女たちの中には、腕や首筋にワンポイントのタトゥーをいれている人もいて、

「ああいう人がタトゥーをいれるのか」

と失礼ながら興味津々で見てしまう。洗い場の隅で体を洗い、温度の低いほうの浴槽にさっと入って出ようとすると、顔なじみの名前は知らない高齢女性に、

「あら、奥さん、お久しぶり」

と声をかけられた。

「あ、こんばんは」

全裸の中高年と後期高齢者二人がぺこぺこと頭を下げ合っているのを想像すると、キョウコは笑いそうになった。

「お元気そうで何よりです」

「この時間にいるのは珍しいわね」

「今日はちょっと用事があったので、ふだんよりも遅くなりました」

「そうなの。ご主人はあっち？」

彼女は男湯を指さした。

「い、いいえ、私一人です」

「あらそう。帰りは怖くない？」

「道にずっと電灯がついてますし、歩いて五分くらいですから」

「このくらいの時間帯は、駅前交番のおまわりさんが、巡回してくれているから安心はしているけど、今はいろいろと変なことも起こるから、気をつけてね。それじゃ」

彼女は会釈をして温度が高いほうの浴槽に入っていった。温度が高いほうは、一度、どんなものかとキョウコもチャレンジしてみたが、とてもじゃないけど熱くて入っていられなかった。低温のほうでも肩まで入っているとのぼせるので、つかるのは脇（わき）の下の位置までだ。それなのに彼女は平気な顔をして、高温の浴槽に入っている。

（私の修業が足りないのか、それとも彼女の皮膚感覚が敏感ではなくなっているのか）

そう思いながらキョウコは滞在時間十五分で銭湯を後にした。

寒い時季ではないので、ぶらぶらとのんびり歩いていると、熱を持った体が少しずつ冷めていって心地よい。ふだんよりも歩く速度を遅くして、道の両側のお宅や店を眺めていた。カレーの香りが漂っていたり、

「もう寝なさいっ」

「ぎゃー」

という母親と子供のバトルの声が聞こえてくる家もある。そんなとき肩からバッグを提げて、

キョウコを追い越していく影があった。横を見るとそれは右手に本を持った小学生の男の子だった。塾の帰りなのだろうかと早足の彼の後ろ姿を見ていると、新築の建売住宅の門の前に女性が立っていた。その姿を見た彼は急に駆け足になった。

「おかえり、どうだった？」

「うん、全部わかったよ」

「すごーい。やったね」

二人は家のドアを開けて中に入っていった。

こんな時間まで塾で勉強をし、歩きながらも勉強をしているなんて、二宮金次郎（にのみやきんじろう）みたいな子だった。今の子供に二宮金次郎なんていったって知らないだろうし、たしかラジオで、二宮金次郎像は現代に合わないので撤去されていると聞いた。「子供に労働をさせるべきではない」「歩きながら本を読むのは危険」などの意見があったかららしい。キョウコが子供のときは、まだ二宮金次郎は勤勉の象徴だった。子供心にも、薪（まき）を背負いながら本を読んでいるなんて、何て勉強好きな人なのだろうかと思った。それが現代ではそぐわないと像が撤去される。たしかに子供が本を読みながら道路を歩いたりしていては、危険極まりないだろう。大人は平気で歩きスマホをしているが。

「価値観は変わっていくのね」

キョウコは深呼吸をした。梔子の香りがした。きょろきょろと周囲を見回したけれども、どこに花が咲いているのかはわからない。

「うちにも植えてあったな、梔子」

花が咲くと母が花を切って玄関に活けていた。会社から帰ってドアを開けたとたん、強い匂いがしたものだった。いつも行く花店にも、梔子はあるのだろうかと思いながら、キョウコはアパートに戻った。

5

二日後、買い物のついでに、花店に寄ったら、

「うちには切り花はないんですよ。梔子は庭に植える人が多いから、木そのものは扱っているかもしれないけど、切り花はないところが多いと思いますよ」

といわれてしまった。たしかに切り花の梔子は、他の花店でも見たことはなかった。かわりに黄色のバラを買ったら、

「これはおまけ」

と茎を切った丈の短い赤いバラを三本、入れてくれた。これだったらシャワー室とトイレに置けるので、ありがたくいただいてきた。チユキさんは山に帰るはずだったのだけれど、貸している部屋についてトラブルが発生したとかで、それが解決するまでしばらくこちらにいるといっていた。これから不動産屋さんに行くと暗い顔をしていた。

「不動産屋さんから、部屋が大変なことになってるって聞いて」

友だちに貸していたら、家賃を滞納したまま姿を消され、次はちゃんと会社に勤めている夫婦が借りてくれて、これまで特に問題はなかった。ところが子供が大きくなるにつれて、それも仕方がないところなのだが、そこいらじゅうの壁へのいたずら書き、物を投げたりぶつけたりしたときにできた壁の損傷、床の傷などがひどかった。

ガス洩れ等の定期検査のときに借り主が不在で、大家のチユキさんも山にいたため、不動産屋さんが立ち会ってくれたときに、室内の損傷が激しいのを見て、驚いて連絡してくれたのだそうだ。

「特に床がひどかったらしくて。これは借り主さんにも負担してもらわないといけないケースですよっていわれたんです。それについてはいってもらったようですが、子供がやったことだから、仕方がないみたいなふうにいわれたり、どうせ借りてるし、自分のものじゃないからっていうような態度だったって。壁のいたずら書きや床の傷も、たとえば紙を貼ってそこに書かせるとか、床にカーペットを敷いてもらうとかすれば、保護できたんじゃないかと思うんですけどね」

チユキさんは、ふうっとため息をついた。

「住んでいたら傷がつくとはいえねえ」

「そうなんですよ。それはしょうがないと思うんですが、やっぱり借りている方も、自分の持ち物じゃないっていうことを考えてもらわないと。ちょっと辛いですよね」

彼女はもう一度ため息をついた。すべて入居時の原状に戻すには、少なくとも二、三百万はかかるのではといわれたという。

「ええっ、そんなに？」

「更新が近づいていて、あちらは室内を修繕しないで、そのまま住むのを希望しているんですけれど、不動産屋さんが現状がひどいので、いちおう修繕のお金の話をしたほうがいいんじゃないかっていうんです。お金の話なんて……、苦手です……」

彼女は頭を掻いた。

「いやだけどねえ、でもやらないで放置するわけにもいかないしね。不動産屋さんにこちらの希望をいって、まかせたらどう？」

「そう思ったんですけど、あちらは私と直接話したいっていってるんです」

「温情にすがるつもりなのかしら」

「うーん、プロの不動産屋さんより、素人の私のほうが有利に話が運べると考えているのかなとは思いましたけど」

「表に出ないほうがいいんじゃない。プロの目から見て、ひどいと思うくらいなのだから、相当なものでしょう」

「そうですよね。わかりました。不動産屋さんにお話ししてみます。お金のこともショックだったんですけれど、祖父が地道に仕事を頑張って私を育ててくれた家のかわりにもらった部屋なので、それが傷つけられたのが何だか悲しいです」

これまで見たこともないような表情で、彼女は弱々しく笑った。

「不動産屋さんはプロだから大丈夫よ」

キョウコはチユキさんを励ました。

「ありがとうございます」

彼女は小さく頭を下げて出かけていった。持っている人はいろいろと大変なのだ。

「何も持っていない私は気楽でいいな」

キョウコは部屋に入って、両手を上げてうーんと背伸びをした。義姉(あね)から亡母の持ち物を整理していたら、大金ではないが貯金があって、それは兄とキョウコが相続するので、また連絡すると電話があった。相続というと何千万、何億の金額という気がするけれど、母の場合はお金があったら、全部、活け花につぎ込んでいたので、それほどまとまった金額を残しているとは思えない。それでもひと月十万円で生活している自分には、少しでもお金が入るのはありがたかった。

ちらりと頭をかすめたけれど、母からの慰謝料とは思いたくなかった。ただ単純に母が亡くなったため、法律に則(のっと)って子供に分配されるお金だ。勤めているときのボーナスのようなものだ。欲しい服があるけれど、手持ちが足りないときは、ボーナスをあてにしてよく買っていた。大量に服を買っていた店のお得意様だったから、

「取り置いておきますね」

と当然のように、スタッフのほうからもいってくれた。それをいいことに、ほいほいと買っていた。しかし今はそれらの服のほとんどを手放した。当時はクリーニング代だけでもばかにならなかった。着ている服のほとんどが手洗いで済んでしまう、今の生活は何て気楽なんだろうと、また大きく伸びをした。背中がぴきっと鳴った。びっくりして腰を回してみたら、今度はばきばきっと鳴った。腰をさすりながら苦笑するしかなかった。

不動産屋さんから戻ってきたチユキさんは、相変わらず暗い顔をしていた。たまたま借り主

が部屋にいるというので、一緒に部屋の現状を見に行ったら、想像を絶する事態になっていて、事の重大さを認識したのだそうだ。

「お父さんが悪びれずに、『こんなことになっちゃって。子供がいるからしょうがないですよね』って笑うんです。不動産屋さんが『この修繕を全部、大家さんが負担するのはちょっと……』といってくれたら、『そんなに部屋を汚されるのが嫌だったら、子供がいる人には貸さないとか、子供ができたら出てもらうとか、最初から制限をかけたらいいのに』なんていいはじめたんです。自分たちがやったことを認めたくないみたいなんです」

「はあ？」

「自分たちに貸した、こちらが悪いみたいないい方で」

「それって屁理屈よね。借りている人側の常識もあるでしょう。そんなことをいう人がいるの」

実家とれんげ荘しか知らないキョウコは、ただただ驚いた。しかし不動産屋さんの話だと、最近はこのような権利ばかりを主張して、自分がやったことを認めない人が多くなったという。何か問題が起きてクレームを入れると、「こんな自分に貸した、あんたが悪い」という態度に出るのだそうだ。

「わけがわからないわね」

「だいたい借りている人のほうが悪いので、だんだん自分の立場が悪くなってきて、追い詰められると夜逃げだそうです」

「夜逃げ？」

キョウコが子供の頃、母が近所の人と、

「公園の角の○○さんが、夜逃げをしたらしい」

と話しているのを聞いた覚えがあるが、どこの誰だかわからず、そのときは意味もわからず、ただ、逃げたのと家の中ががらっぽということだけは理解した。

「今でもそんなことがあるのね」

「請け負う業者もいるらしいですよ」

「業者に払うお金があったら、少しでも大家さんに払えばいいのにね」

「そうなんですよ、まったく何を考えているのかわかりませんよね」

不動産屋さんからは、大家として更新するかしないかを決めた方がいいといわれたのだそうだ。

「いい人たちだと思ったんですけど……」

「うーん、でも一度か二度、会っただけではわからないわよね。特に暮らしぶりはね。きっと子供のことが第一なんでしょう。それだったら室内を汚さないように、考えてくれればよかったんだけど」

「そうなんです。そこなんですよ。多少のことなら私も我慢しますけれど、汚しっぱなし、壊しっぱなしで、貸したこちらが悪いっていわれると……ねえ」

「大丈夫よ。不動産屋さんはチユキさんの味方なんだから」

「不動産屋さんは更新しないほうがいいっていっていましたけど。そうするとまた次の人に貸すわけで。何だかもう怖くなってきました」

チユキさんはまたため息をついた。キョウコはそれ以上のアドバイスもできず、とにかくチユキさんは何も悪くないのだから、堂々としていればいい、細かいことは不動産屋さんにまかせなさいといった。

「ありがとうございます」

聞いていいのかどうかキョウコは迷ったが、山にいるパートナーは何かいっているのかとたずねたら、

「所有は悩みの種のはじまり」

とそれだけいってにっこり笑っていたという。

「あらー、禅問答みたい」

「もう、いつもそんなのばっかりで。具体的に何かいってくれればいいのに」

「きっとチユキさんが自分で解決できると思っているから、それだけしかいわなかったんじゃないの」

「そうでしょうか。面倒くさかっただけなんじゃないですかね。最近、また仏像を彫ってばかりいるから」

愚痴めいたことをいいながらも、チユキさんの顔が少しだけ明るくなった。とにかくチユキさんは悪くないんだからと、それだけ念を押して、キョウコは彼女と別れて自室に入った。チユキさんの部屋からは何も聞こえなかった。

図書館から借りてきた浮世絵集をめくりながら、キョウコはチユキさんの抱えている問題について考えた。自分が所有している部屋がタワーマンションにあるのに、そこに住まないでれんげ荘を選び、そしてパートナーを得て山の家と往復する。彼女とタワーマンションは相性がよくないのだろう。しかしそれはお祖父(じい)さんが残してくれた大事な部屋なのだ。それが不動産屋さんが呆れるほど、傷つけられたとなったら、それは気持ちが沈むだろう。おまけに相手は開き直っている。

江戸の長屋は簡素な造りなので、夫婦喧嘩(げんか)も赤ん坊の泣き声もすべてが筒抜けだったらしい。火事が多いので家々を消火するよりも叩き壊して類焼を避けたとか。焼け出された人はまた別の長屋を借りてくらす。借り暮らしの人々だった。部屋の雰囲気はれんげ荘とどっこいどっこいだと思いつつ、そういえば子供の頃、「床下の小人たち」が大好きで、何度も読み返したなあと思い出した。そんなお話が大好きだったのに、どうして就職先にそれとは正反対の職種を選んだのか、自分でもわからない。それをかっこいいと感じていた自分がいたのだろう。

「恥の多い生涯を送って来ました」という一文も浮かんできた。明らかに今の自分の年齢は、人生の半分を超えていて、晩年は目の前に迫っている。クマガイさんは自分よりも年上なのだけれど、晩年とは感じられない。若い頃には相当遊んだ話を聞いたが、そういう人に多い、世の中にすれた感じも下品な感じもないのは、クマガイさんの品格の問題だろう。そして酔っ払いすぎて正体を無くし、路上に放置されたことも、後悔などしないでそれも含めて経験として自分の心の中に取り入れているからだろう。別に他人に隠しもしないし、あっけらかんと正直にその出来事を話す。過去の自分を面白がっているようにさえ見える。そう思えるのは今の自分に自信もあるし納得しているからだ。会社をやめて何年も経(た)つのに、まだあの頃の出来事を思い出して、後悔や冷や汗が出てくるのは、人間としてまだまだだと反省した。この反省するというのももしかしたら、まずいのかもしれない。

「忘れる?」

忘れてはいけないような気がするし、忘れたほうがいいような気もする。

「ああ、わからない」

首を横に振りながら、画集のページをめくると、そこには今とは違う、大ぶりの鮨(すし)を皿に並べている女性の図があった。それを見たら、銀座で十万円という鮨を食べたのを思い出した。接待客を含めて五人で食べたのだが、その代金はすべて会社の接待交際費で落とした。そのとき自分が着ていたスーツは三十万円、バッグが二十万円で靴が十万円。それが当たり前と思っていた私……。

「ああっ、恥ずかしいーっ」

思い出すのはそれに執着しているということなのか。ふつうはここで、親が自分にいってくれた言葉を思い出すところだけれど、キョウコの場合は特にないので、「とにかくあのときの自分は間違いなく自分。でも今のこの生活を楽しんでいる自分も本当の自分」と、いい聞かせた。しばらくするとチユキさんの鼻歌が聞こえてきた。知らない曲だった。明るい感じの曲だったので、キョウコはほっとした。

二日後、精神的にまいっていたようなチユキさんだったが、不動産屋さんと相談して態度を決めたといっていた。

「基本的には退去していただくつもりです。原状回復をするのにいくらくらいかかるかを、国土交通省のガイドラインに沿って、プロの方に査定してもらって出すそうです。敷金ではとうていまかなえないので、先方に負担してもらうことにはなると思うのですが」

国土交通省にそんなガイドラインがあるのをはじめて知った。

「あとはプロにまかせましょう。あなたは被害者っていってもいいくらいなのだから」

「それとこれからも借り続けていただくのは無理だと思います」

「信頼関係が崩れちゃったからね」

チユキさんは小さくうなずいた。

「この件が片づかないと、山にも行けないわね」

「ええ、でもここにいて、決着をつけたほうがすっきりするからいいんです。今向こうに行っても、きっと彼は仏像ばかり彫っていると思うので」

「彼はその後、何かいってきた?」

二人の関係に立ち入ってしまったと、キョウコははっとした。

「いちおう報告はしているんですけれど、『大変だね、あまり考えすぎないほうがいいよ』っていわれたくらいですね。心配はしてくれているようです」

「それはそうでしょう。大きなお金が動くことだものね」

「そうなんですよ。山で自給自足をしているっていうのに、何百万なんていうお金の話は頭がくらくらしてきちゃって。でもお家賃をいただいているから、私ものんきに暮らせているので……」

「それはお祖父様があなたのために残してくれたのだから、いただいていいものなのよ。それを気にする必要はないわ」

「そうですね。いろいろとご心配いただいて、ありがとうございます」

チユキさんは頭を下げて出かけていった。

それから二日ほどはキョウコは彼女ともクマガイさんとも顔を合わせなかった。夜、両側から二人が部屋にいる気配はしたが、特に声をかける必要はないので、存在だけを確認していた。二人は何かしらの用事があるようだが、キョウコは見事に何もない。母が亡くなった後、今は兄夫婦の家になった実家に遊びに行けば、義姉は歓迎してくれるだろうが、そこで自分がするべき何かがあるわけではない。ただもてなし上手の義姉が焼いてくれたケーキや、淹れてくれたおいしいコーヒー、紅茶を口にして、雑談して帰ってくるくらいしかない。少なくとも兄一家の役に立てることがあればいいのだが、今の自分にはそれは見当たらない。考えてみれば勤めているときも自分は兄一家に対して、何の役にも立てていなかったと思うので、それは同じなのだが。

自分の現在の役目は、このアパートのシャワー室とトイレに花を絶やさないことと決めたので、それだけは自分に課してこまめに花は買うようにしている。食材も不足してきたので、花と食材を買いに出かけ、ブルーのデルフィニウムとハーブのラベンダーを買った。

「デルフィニウムは環境変化に弱いので、花瓶にこれを入れてください」

　と切り花を長持ちさせる薬剤の小さなパックをつけてくれた。

　花店を出てオーガニックショップで豆腐を買った。食べ比べると明らかに味が違うので、値段が高くても味噌や豆腐はこの店で買ってしまう。ゴーヤが安くなっていたのでついでに買った。スーパーマーケットではきゅうりと玉ねぎを買ってきた。日射しも強くなってきたので、日陰を選びながら歩いていると、目の前をつばの広い帽子をかぶった老齢の女性がシルバーカーを押しながらゆっくり歩いていた。その歩き方に見覚えがあった。早足で近づいて追い越し、振り返って確認すると、やっぱり本名アンディ、キョウコ命名ぶちおの飼い主の老婦人だった。そして何とそのシルバーカーの物入れのところに、ぶっちゃんがすまし顔で座っているではないか。キョウコは興奮して視線をあちらこちらに飛ばしながら、まず、

「お、お久しぶりです。こんにちは」

　とあせりながら彼女に声をかけた。彼女は顔を上げてしばらくキョウコの顔をじっと眺めていたが、にっこり笑って、

「ああ、こんにちは」

　と丁寧に頭を下げてくれた。

「息子さんにも一度お会いしました。ぶっ……じゃなかった、アンディくんのお散歩のとき

に」

「そうそう、息子もいっていました。アンディが大好きなお姉さんがいて、ものすごく懐いているって。お世話になりました」

「何ておとなしくていい子なんでしょう。ちゃんとお座りしているんですね」

キョウコは待ちきれずにしゃがみながら、

「こんにちは、元気にしてた？　このごろ会えなかったから、おばちゃん寂しかったな」

とぶっちゃんに声をかけた。とび出さないように、リードをつけてもらい、端はシルバーカーのハンドルのところに結びつけられていた。すると彼は、

「にゃあん」

とかわいい声で鳴いたのと同時に、両手をキョウコに伸ばしてきた。

「あらまあ、抱っこですって。図々しいわねえ」

老婦人が笑うのと同時に、キョウコは思わずぶっちゃんを抱っこしていた。相変わらずずっしりと重い。

「御飯、いっぱい食べたのね」

「食欲がすごいんですよ。最近は獣医さんから、『欲しがるだけあげていたら、大変なことになります。量は管理してください』っていわれてしまって。でも『ちょうだい』ってかわいい

顔をされると、つい、ね。それでいつも息子から叱られちゃうの」

彼女の声にも張りがあって、キョウコは安心した。キョウコの腕の中にいるぶっちゃんは、うれしそうに目を細めながら、

「ふごー、ふごー」

と喉を鳴らしている。

「大満足ね。よかったわね、アンディ、大好きなお姉さんに抱っこしてもらって。幸せね」

「いえ、私も幸せですよ」

キョウコが素直な気持ちを口に出した。

「そうですか。うちの子にそんなふうにいっていただけると、こちらもうれしいですよ」

「家族の方にこんなに優しくしてもらっていて、こんなにかわいいんですもの」

「それじゃ、少々、頭がゆるいのは我慢しましょうかね」

老婦人はあははと笑った。

「そうなんですか？」

キョウコはぶっちゃんが賢いと思っていたので、意外だった。

「賢いとはいえないんじゃないかしら。とにかくみんなの足の裏の匂いを嗅ぐのが好きでね。何でかしら、他のネコちゃんもするのかしら」

彼女は真顔で首を傾げていた。まさか自分も嗅がれましたとはいえないキョウコは、

「そういう子はよくいるみたいですよ」

と他人事のようにいってごまかした。

「そうなんですか。この子だけかと思っていて、『何でそんなことをするのかねえ。大丈夫なのかね』っていってたんですよ。へえ、他にもする子がいるんですね」

彼女は納得したように何度もうなずいた。二人が立ち話をしているうちに、アンディことぶっちゃんは、キョウコの腕の中で大あくびをしたりして、眠る準備に入ったようだった。

「あら、こら、いけませんよ。そんなところで寝ちゃいけません。ほら、アンディ、寝るんだったら、ここで」

老婦人がシルバーカーの物入れを示すと、ぶっちゃんはちらりとそこに目をやり、もう一度、大あくびをした。

「まあ、ふてぶてしいわねえ。すみません、重いのにずっと抱っこしていただいて。どうぞここに置いちゃってください」

キョウコは、いえ、ずっとこうしていても大丈夫ですといいたいのを堪え、

「お散歩の途中だからね。残念だけどここに入っていてちょうだいね」

とぶっちゃんを物入れの中に置いた。そうされても彼は抵抗する態度を見せず、

「ああ、そうかい」

といういう感じでおとなしく中に収まり、またまた大あくびをした。

「すみません、お散歩中にお邪魔して」

「いえいえ、久しぶりにお目にかかれて、うれしゅうございました」

「どうぞお元気で」

「ありがとうございます。またお目にかかれますように」

老婦人が右折する道で、キョウコは別れた。

「さようなら」

思わず手を振ると彼女も手を振ってくれた。ぶっちゃんはと見ると、ぼーっと前を向いたままぼんやりしていた。最後も自分のほうを向いてもらいたかったけれど、眠そうだったから仕方がないと、キョウコは諦(あきら)めた。飼い主さんもぶっちゃんも元気そうでよかった、今日はとってもいい日だとうれしくなった。

(ぶっちゃん、お利口さんだな。ちゃんと飼い主さんのいうことを聞いて。あんなところにちんまり座ってお散歩なんて)

シルバーカーに当たり前のような顔をして座っていた、ぶっちゃんの顔を思い出して、笑いが込み上げてきた。ふふふと笑いながらアパートに入り、早速、花の水切りをして、デルフィニウムは薬剤を入れた花瓶に活けてシャワー室に、ラベンダーはトイレに活けた。

「ぶっちゃん、かわいいなあ。ふふんふん」

食材を冷蔵庫に入れるのでさえ楽しい。本当に単純な人間だ。ネコに興味がない人にとったら、ネコに久しぶりに会って抱っこしたくらいで、何がそんなにうれしいんだろうと思うだろうが、キョウコにとっては今年一番のうれしい出来事だった。ぶっちゃんがちんまりと前を向いて座っていた姿や、抱っこしてと両手を伸ばしてきた姿、そして眠いのを我慢しておとなしく座っていた姿を思い出しながら、

「かわいいいっ」

と身悶(みもだ)えした。もちろん飼い主の老婦人の体調が戻ったのもうれしかったが、いやがりもせずに彼女のお供をしているぶっちゃんが何よりも愛らしかった。こんなにおとなしくつき添ってくれるなんて、彼女はアンディがかわいくて仕方がないだろう。彼女は彼が自分の部屋にやってきて、くつろいでいったことなんて知らないだろう。これは絶対に飼い主にはいえない。ぶっちゃんがしゃべらない限り、これは自分と彼との秘密だと思うと、またうれしくなってきた。

「私って、こんな歳になっても本当におめでたいわ」

時間が経つにつれて、自分でも呆れてきた。しかしぶっちゃんに対する気持ちは変わらない

ので、また会えるといいな、時間帯を考えて、ちょっと外に出てみようかなと、あれこれ考えた。

その日の夜、ノックの音と、

「こんばんは」

とチユキさんの声がした。戸を開けると小さな包みを持った彼女が立っていた。

「シャワー室のお花、ありがとうございます。ブルーがとても素敵ですね、トイレのラベンダーも紫がとてもきれい」

「ああ、今日、買い物に行ったときに買ってきたの。あまりに色が爽(さわ)やかできれいだったから。デルフィニウムっていうんですって。環境変化に弱いから、薬剤を入れたほうがいいっていわれて、それも花瓶の中に入れてるの」

「へえ、長持ちするといいですね」

「ふつうは部屋の中に活けてもらうんでしょうけどね。まあがんばって咲いてもらいたいわ」

「本当にきれいな色なので、あとで撮影しようと思っています。それと、これみつ豆なんですけど、おいしそうだったので」

チユキさんは和紙の包みをキョウコに渡した。いちおう出費できる食費の限界もあるので、おやつもあれこれ買わないようにしているキョウコにとっては、とてもうれしかった。

「ありがとう。みつ豆は久しぶりだわ。たまに食べたくなっちゃうわね」

「このお店で作っているんですって。だから日持ちもしないらしくて」

「それじゃ、早速いただくわ。どうもありがとう」

「いいえ、どういたしまして。それで部屋のことなんですけれど、不動産屋さんから連絡が来て、借り主さんから更新をしないで、二か月後に退去すると連絡があったそうです。修繕費用も全額ではないですが、負担してもらえそうです」

「それはよかったわね。本来ならば全面的に向こうに問題があるんだけど、できる限りの誠意を見せてくれたのかしら」

「そう考えるようにしました。壁の落書きについては、クロスを替えるのはこちらの負担なので。壊れた壁と床について負担してもらうことになりました。最初に不動産屋さんが中に入ったときに、仕事柄、いくらくらいのダメージがどこにあるかを、ざっと計算してくれていたのも助かりました」

「それじゃ、二か月後に鍵（かぎ）を受け取ったらそれで終わりね」

「そうなんです。もうほっとしました。一時はどうなることかと思って」

「金額も大きいからねえ」

「はい。引っ越しされた後は、工事をしなくちゃいけないので、その間は借り主さんを探せないですし。もし部屋が元に戻っても、しばらくは空けたままでいいかなって」

「それでもいいんじゃないの。もったいないけれど」

「私の気持ちが落ち着いたら、またゆっくり考えます」

「あせっても仕方がないしね」

「はい。本当にくだらない愚痴も聞いていただいて、申し訳ありませんでした。自分一人で解決できないなんてだめですね」

彼女は情けなさそうに笑った。

「そんなことはないわよ。そういうときのために周りの人がいるんだもの。口に出しただけで気持ちが楽になったりするじゃない。迷惑になるなんて考えないで、こんな私だけど、これからも何かあったら何でもいってね。どれだけあなたの役に立てるかわからないけど、私も一緒になって考えてみるから」

今日の妙なハイテンションで、偉そうにいってしまったと、キョウコははっとした。

「ありがとうございます。私は血のつながった身内がいないので……。本当にうれしいです。正直、パートナーがいるといっても、だからこそ相手にいえないことってあるんですよね」

彼女は視線を落とした。

「近しい人だからこそ、いえないことってあるものね。そういうときにおばさんたちがいるから。私じゃなくても、人生経験豊かなクマガイさんもいらっしゃるからね」

キョウコは久しぶりにぶっちゃんに会ったうれしさからか、いつになくとてもやる気になっていた。

6

ぶっちゃんと会えたうれしさで、しばらくの間、キョウコは上機嫌だった。人生の半分以上を過ぎて、こんなに幸せな時間は貴重だった。ぶっちゃんことアンディの飼い主さんにすれば、ぶっちゃんがしでかす困った事柄があるのかもしれないが、それとは関係のない、知り合いのおばさんにとっては、ただひたすらぶっちゃんは愛らしい、それだけだった。シルバーカーにちんまりとおとなしく座って町内を移動している姿。それを思い出すだけでも笑いが込み上げてきた。

一方、チユキさんは、貸している部屋の明け渡しやその後の室内工事については決まったものの、細かい打ち合わせがあるようで、毎日ばたばたしていると、顔をしかめていた。

「不動産屋さんが概算で出してくれたのですが、内装業者さんの見積もりの額がそれよりも少し高かったらしいんです。それ見た借り主さんが、『話が違う。先日の話の金額しか払わない』っていっているらしくて。前のときの金額は大まかな計算で、のちほどきちんとした書類をお出ししますって、ちゃんとことわったのに」

「自分の都合のいいところだけを拾っているのね。でもプロがガイドラインに則って計算して出したわけだから、そんなに上乗せしているわけじゃないでしょう」

「板材自体の値上がりもあったみたいなのですが、『それだったら板材のグレードを下げればいいじゃないか』とかいいはじめているっていっていました」

「汚したのは自分たちなのにね」

「そうなんですよ。どうもこちらが悪いようにしたいらしいんです」

彼女の顔は晴れなかった。キョウコは、お金のことは不動産屋さんにまかせたほうがいいとしかいいようがなかった。

「本当にお金の話っていやですね」

チユキさんは悲しげに笑いながら出かけていった。洗濯物を干しているときに、顔を合わせたクマガイさんも、チユキさんから事情を聞いたそうで、

「まったくいろいろな人がいるからねえ。困ったもんだ。昔はうちの母親は、『大家といえば

親も同然、店子といえば子も同然』なんていってたけど」

と呆れていた。

「自分のことしか考えてないんですよね」

「その点、ここは気楽でいいわね。ちょっとくらい汚しても、もともとの汚れかどうか、全然、わからないんだもの。もしかしたら私たちはきれい好きでちゃんと掃除をしているから、昔よりもきれいになっているかもしれないわよ」

「ふふっ、そうですね」

「ともかく一日でもはやく、話がまとまればいいわね。お金の話で揉めるのって、本当にいやだもの」

クマガイさんは、勢いよくばさっと濡れたバスタオルを振って、洗濯ロープに干した。

それからキョウコは、またシルバーカーに乗ったぶっちゃんに会えるのではと、この前会った時間が近づくと、窓から首を出して確認したり、外に出て見渡してみたりした。息子さんと散歩をしていたときもそうだった。そう簡単にはぶっちゃんとは再会できないのだ。飼い主の老婦人も年齢や体調を考えると、そんなにひんぱんに外出しているとも思えず、キョウコは勘に頼るしかなかったが、それはいつもはずれてしまった。

チユキさんは毎日、出かけていたが、十日ほど経って顔を合わせると、

「やっと合意できました」

とほっとした表情になっていた。

「よかったわね」

「原状復旧して返すと契約書に書いてあって、それに捺印してもらっていますし、最終決定の請求書を見せたら、しぶしぶですけれど納得してもらえました」

「納得っていったって、当たり前なんだけれどね」

「そうなんですけど。まあ、これで終わったと思えばほっとしました」

「安心して山にも行けるわね」

「そうなんですけど、彼に連絡したら、『ああ、そうなの。よかったね』って淡々というだけなんです。何を考えているんだかわかりません」

「ほっとしたんでしょう、きっと。それを表に出せない性格なんじゃないかしら」

「さあ、どうですかねえ。確かに押しの強いタイプではないですけど」

「とりあえず、よかった、よかった。私もほっとしたわ」

「本当に余計なご心配をおかけいたしました。申し訳ありませんでした」

背の高いチユキさんが、何度も腰を九十度に曲げて詫びるので、キョウコは、

「いえ、いえ、どうも……」

と二歩、三歩下がらなくてはならなかった。

それから二か月間、キョウコはぶっちゃんに会えなかった。老婦人にここに住んでいると教えて、「通りかかったら、お声がけいただけますか」とも頼めず、かといって来るのをずっと見張っているわけにもいかず、自分の間の悪さを悔やむしかなかった。図書館で、時間帯や曜日を変えても、必ず顔を合わせるじいさんがいる。彼は図書館に住んでいるのではないかと疑いたくなるほどだ。職員にも周囲の人にも横柄な態度で好ましい人物ではないのだが、彼のほうがぶっちゃんよりもキョウコと縁があるとは考えたくなかった。

「あのじいさんとぶっちゃんが代わってくれればいいのに」

とても悔しかった。しかし会えないにしても、あのすました顔で、シルバーカーに乗っている姿を想像するだけで、自然と顔がゆるむのだった。

一方、チユキさん所有のマンションからは、借り主が退去して、室内工事にとりかかることになった。

「同じ階や階下の方々に、工事のお知らせと騒音を出すお詫びの品物を持って回って大変でした」

彼女はため息をついていた。

「集合住宅で工事をするとなると、そういうことが必要だから大変よね」

「本当にそうです。大家というポジションを甘く見ていました」

「持つ者の悩みでしょう、それは」

「持つ者っていっても、私の力で持ったものじゃないですからね。だからといって知らんぷりはできないですけど」

ここ何か月かとは打って変わって、チユキさんは明るい声になり、工事の進行状況が気になるので、こちらにも戻ってくるけれど、しばらくは山に行っているといって、リュックと手提げバッグを持って、ひょいっと出かけていった。キョウコは彼女の後ろ姿を見ながら、私は若い頃、あんなに身軽に出かけるなんてできなかったなあと思った。

国内旅行でも、今から思えばなんでそんなにたくさんの物を持っていったのかと不思議になるくらいに荷物が多かった。いつでもどこでも旅行にはスーツケースを持っていっていた。なぜなのかとベッドによりかかりながら考えたが、服のコーディネートに合わせて、ワンピースにはハイヒール、パンツスタイルのときはフラットシューズと、バッグ、靴、アクセサリー等を一式持っていったので、荷物が増えていったのだった。

「あそこまでする必要って、あったのかしらね」

海外の場合は、店によってはドレスコードが厳しく、夜の服装については考える必要があるが、国内の場合はそれほどでもない。それでもがんばって海外と同じように身支度を整えていた。昼と夜の服装を分けるのは、今は常識になりつつあるけれど、あんなにこだわらなくてもよかったはずなのだ。服装を整えて行くと、店の人たちは喜んでくれたけれども、あんなに大荷物にしなくてもよかった。でも当時に戻れるわけでもなく、キョウコの人生において、思い出した過去の恥がひとつ増えただけだった。

「どうして覚えておくべきことは忘れて、どうでもいいことばかり思い出すのかしら」

これが中高年というものなのだろうか。まして自分は仕事もなく、ただ日々、ぼーっとしているような人間だ。今は家事をし、本を読むくらいで他にしていることはない。一度、チユキさんにもクマガイさんにも、

「私が何か変だったら、すぐに病院に連れていってください」

といっておいたほうがいいかもと真剣に考えた。

最近、銭湯が気に入って、毎日、時間帯を変えて通ってみたら、驚いたことにその時間帯それぞれに、主みたいな高齢女性がいた。開店直後の午後三時過ぎに行くと、頭髪を頭のてっぺんでお団子にまとめた高齢女性が、すでにあつ湯のほうにつかっていた。洗い場と脱衣所を隔てるガラス戸越しに、じーっと服を脱ぐキョウコを見ている。いくら同性で相手は亡くなった母親とたいして歳が変わらないとはいえ、どことなく気まずくなって、キョウコは視線を合わせずに、こそこそと洗い場に入って隅で体を洗い、なるべく彼女とは視線を合わさないように、

ぬる湯のほうに身を沈めた。

するとお団子は、平泳ぎをするようにあつ湯を泳ぎながら近づいてきて、湯船の境目のタイルに肘(ひじ)をのせて、

「ちょっと、あなた、誰?」

と真顔で聞いてきた。誰といわれても、特に名乗るような者でもないので、

「あ、ああ?　はあ?」

とキョウコがあせっていると、

「見ない顔じゃないの。はじめて?」

「はい、この時間はそうです」

「ふーん、何やってるの」

「仕事ですか」

「うん」

「普通の会社員です。今日は休みをとったので、この時間帯に来たんです」

この歳になると嘘もうまく口から出てくるものなのだ。

「そうなの、この近くに住んでるの?」

「はい、歩いて五分くらいです」

「家族と?」

「いいえ一人です」

「へえ。じゃあ、どうも」

尋問が終わったお団子は納得したのか、また平泳ぎみたいな格好で、もとの位置に戻っていった。その間にもうひとり、脱衣所に客が増えた。キョウコよりもひとまわり上くらいの年齢で浴衣を着ている。その粋な風情の着方から、明らかに素人ではないのがわかった。お団子は脱衣所で浴衣を脱いでいる女性を指差し、

「あの人はね、踊りのお師匠さん。有名な人らしいわよ。銭湯じゃないと肌がすっきり垢抜けないんだって。内風呂じゃだめだからって、お稽古の前に来てるっていってた」

と教えてくれた。キョウコは、

「はあ、そうなんですか」

と返事をするしかない。駅に日本舞踊の看板が出ているけれど、その教室のお師匠さんかもしれない。それをお団子に確認すると、

「知らない」

ときっぱりいわれてしまった。

長湯をしているとのぼせるので、湯船を出て上がり湯をしてさっと手ぬぐいで体を拭いて、

脱衣所に戻った。お団子はまだ湯船に入ったまま、洗い場に入ってきたお師匠さんと、何やら話していた。今が帰るチャンスと、ささっと急いで着替えて銭湯を出た。

　また別の日の夕方に行ったら、白髪で短髪の高齢女性が一人、あつ湯の湯船につかっていた。それをガラス戸越しに見たとたん、キョウコは日替わりのコントの場面のように思えて噴き出しそうになった。この女性はキョウコのことをちらりと見たものの、特に話しかけては来ず、じっと目をつぶってあつ湯を体全体で感じているようだった。三人の幼い子供を連れた若い母親が入ってきたが、彼女は子供たちがはしゃいで洗い場を走りまわるのを、一切注意しない。それをみた女性はすっと立ち上がり、子供たちに向かって、

「転んだらどうするのっ、あぶないでしょっ。お風呂では走ったらだめっ」

　と怒鳴りつけた。すると母親は、

「おいで、こっちに」

　と子供たちを呼び寄せ、

「おばあちゃん、怖いね、怒られるからあっちのほうを見ちゃだめだよ」

　などといっていた。キョウコがそっと女性のほうを見ると、再びあつ湯につかって目をつぶり、瞑想（めいそう）にふけっているみたいだった。

　その他、誰にでも気軽に話しかけて、同じ自分の若い頃の話をエンドレスで話し続ける高齢

女性もいた。にこにこして感じがいいので、誰も「その話は前にも聞きました」というわけにもいかず、みんなはじめて聞いたように、うなずきながら聞いてあげていた。

「濃いわ……」

一週間、通い続けたあげく、キョウコはしばらく銭湯通いはやめて、以前のようにアパートのシャワー室で済まそうと思った。いちばん自分に被害が及ばないのは、白髪短髪の女性なので、行くならその時間帯と決めた。

チユキさんは山に行ったのに、一週間に一度はこちらに帰ってきていた。

「工事の画像が送られてくるんですけど、細かい部分はそれだけだとわからないところがあって、確認のために帰らなくちゃならないんですよ」

チユキさんは帰ってくるたびに、ヤーコン、赤かぶ、里いも、白菜などの野菜や地元のおばさんたちが作っているドーナツやあんころ餅などの素朴なお菓子、駅で買ったせんべいなどを手土産にして、キョウコの部屋に直行してお茶を飲んでいた。

「パーツも全部指定したはずなのに、違うのが付けられそうになったりして、わけがわからないんです」

「どうして?」

「勝手に変更しようとするんです。本当に困りました」

「大家さんのいう通りにするのは、当たり前でしょう」

「見積書も出してそこには私が指定したパーツの型番も書いてあるんですよ。クレームをつけたら、『在庫がなかったので。これでもそんなに見た目は変わりがないですよ』なんていうんですよ。それだったらパーツを選ぶ必要なんかないし」

さすがに美大出身の人はデザインには妥協がない。自分だったら、それほど違わないなら、それでもいいかと納得してしまう。

「それはきちんというべきよね」

「納期の問題があったんじゃないでしょうかね。でもそれを理由にされたら困りますから」

「当然です」

「ああもう、どうして一発決定っていうわけにいかないんでしょうかねえ。はあ……、お茶がおいしい……」

そういいながら、自分が持ってきたせんべいを何枚も食べるので、キョウコは笑った。

「でもこういうことがあるから、こちらに戻ってこられると思えばいいのかもしれないですね」

「でも山のほうの生活も悪くないでしょう」

「はい、それはまあ、そうなんですけれど。体勝負っていうんでしょうか。自分の体を動かさないと何もできないので、疲れているときは結構、大変です。彼は冬になる前に、薪を割らなくちゃっていうんですよ」

「力仕事は彼にやってもらったら」

「ええ、そうなると薪割り以外の、私の畑仕事の割合が増えるわけです。近所の方々も、ここをこうしたらと親切にアドバイスしてくださるんですけど、それができないと落ち込んじゃうんですよね」

「まじめだからでしょう」

「相手は生き物なので、神経を使わないとうまく育てられないじゃないですか。イヌやネコだったら、自分たちが嫌だと意思表示もしてくれるんですけど、植物は何もいわないので……。こちらが感じ取ってやらないとだめなんですよね。微妙な部分がまだ私にはわからないみたいです」

誰でも最初からうまくはできないからと、キョウコは彼女を慰めた。それに対して彼も文句などはいわず、キョウコと同じように、

「これから何とかなるよ」

といってくれるのだそうだ。

「でもいつまで経っても、何とかならないんです。うっふっふ」

それまで深刻気味だったのに、チユキさんはしまいには笑い出してしまった。

「まあ、何とかならないのは、何とかならないからねえ。経験にまかせるしかないんじゃないの」

キョウコもつられて笑った。

「ずっとそこに居続けていれば、変化も感じ取れるんじゃないかと思うんですけれど、間が空いてしまうので、次に行くと別の苗が植えてあったりして、『あれっ、この間のと違ってる』というと、彼に『あれはもう収穫したよ』っていわれたり。何だかとんちんかんなんですよね」

「あなたがいないときのことは、わからなくて当たり前なんだから、それでいいんじゃないの」

「そうですよね。近所の人たちがアドバイスしてくれるのも、私が行ったり来たりしているのとは関係ないですからね。わかりました。私なりにやってみます」

「自分たちの食べるものは自分たちで作れるってすばらしいわよ。今の世の中でいちばん強いわよ」

「そうですね、まだ私はそこまでいってないですけど」

チユキさんはにっこり笑った。

「ちょっと気が楽になりました。いつも変なことばかりいってごめんなさい」

彼女は頭を下げた。

「いえいえ、とんでもない。こんなことでお役に立てるのでしたら、いつでもどうぞ」

キョウコもつられて頭を下げた。

「クマガイさん、いらっしゃるようですか」

とチユキさんに聞かれたので、最近は毎日、お出かけしているみたいだけどと話した。

「わかりました。あとでちょっとノックしてみます。ありがとうございました。ごちそうさまでした」

「いえ、こちらこそ」

また二人はお互いに頭を下げつつ、彼女は自分の部屋に戻っていった。

若い人たちは、悩んだり怒ったり落胆したりしながら、様々な事柄を学んでいくのだろう。そのときは鬱陶(うっとう)しくて面倒くさくて投げ出したくなるけれど、それはすべて自分の経験として残っていく。キョウコは自分はこれからどれだけ新しい経験ができるのかを考えた。もっと積極的に働いたりすれば、もちろんどんな経験でもできるのだろうけれど、なるべく省エネで暮らしている身としては、新しい人との出会いも、積極的に求めているわけでもないし、銭湯の顔なじみさんとも、主のお団子さん、白髪短髪さん、エンドレスさんとも深くは関(かか)わり合いたくない。自分がやりたいように暮らしていて、その過程で誰かと知り合ったら、お互いに不愉快にならないおつき合いはできるという程度でしかない。ただチユキさんが嘘なく関わり合っているのと違い、自分は自分の身を守るための嘘ばかりなのだけれども。

それにしてもここのアパートに住めたのは、本当にラッキーだったと、キョウコは自分の運のよさに満足していた。以前はチユキさんの部屋に板前修業をしている若い男性が住んでいたけれど、もしも彼が住み続けていたとしても、ほどほどにうまくやっていけたと思う。コナツさんとはここに住んでいるときには、あまり交流はなかったけれど、彼女にもあれこれあった結果、たまに会う仲になった。チユキさんは、こんなにすべてが揃った人がいるのだろうかと驚くくらいの人だし、クマガイさんはここの大黒柱のようなもので、キョウコが困ったときに、なぜか助けてくれる。友だちのマユちゃんも、時折連絡をくれるし、

「私はそれで十分です」

とキョウコは口に出してうなずいた。れんげ荘に住みたいと思うところから、まず、変わっているかもしれないけれど、周囲の人に恵まれていると、ありがたい気持ちでいっぱいだった。

隣に住んでいるのに、クマガイさんと顔を合わせたのは、チユキさんとお茶を飲んでから、十日経ってからだった。音がするのでいるのはわかっているけれど、わざわざたずねていったりはしないので、気配だけを感じていた。風と大雨が続いてアパートの通路に泥が入り込んで

いたので、晴れた日にキョウコが掃除をしていると、出かけるところのクマガイさんと顔を合わせた。

「あっ、どうもありがとう。泥が溜まってるのは知ってたんだけど、そのうちどこかにとんでいくだろうと思って、ほったらかしにしちゃったの。ごめんなさいね」

丁寧に謝られてキョウコは箒とちり取りを持ったまま立ち尽くし、

「いえ、とんでもないです」

と恐縮してしまった。

「ささっと適当に掃いて、道路にとばしちゃったら？　そうか、風向きがこっちだから、戻ってきちゃうのかな」

彼女はなるべく楽な方法を考えてくれているようだった。

「ここのアパートのまわりだけ、土が残っているからどうしても泥がねえ。でも全部、コンクリートなんかでかためちゃうと、ミミズとかモグラがかわいそうだしねえ」

クマガイさんはアパートの入口の足元に目をやった。

「仕方ないですよね。土があるほうがいいですよ」

キョウコがそういうと、

「そうよね。土のところを歩くと安心するものね」

とクマガイさんもうなずいた。

「おでかけのところ、すみません」

このところ外出が続いている彼女に、結果的に引き留めることになってしまったのを詫びた。

「いいのよ、今日は仕事じゃないから。このところ、毎日、出かけなくちゃならない用事ができちゃって。やっとそれが終わったから、気晴らしにデパートにでも行こうかなって、思っただけだから。約束があるわけじゃないから大丈夫」

相変わらずの、ネイティブアメリカンの長老の雰囲気のまま、彼女は笑った。

「前のような翻訳のお仕事ですか？」

「ううん、今度はねえ、シニア向けの服の企画なのよ。昔の悪いグループのうちの一人がアパレルの会社をやっているとかで、友だちの友だちのつてで、私のところに連絡がきたのよ」

「クマガイさんはセンスがいいから。いただいた服はどれも素敵だし」

キョウコが正直にいうと、彼女は大きく手を振りながら、

「そんなことないって。ファッションのことなんて、何もわからないもの。最近は若い人は安い服ばかりを買うから、お金を持っているシニアが狙(ねら)い目なんですって。安いものか、高いものの両極端になっていたらしいんだけど、そこはその中間を狙っていく方針なんですって。ただシニアは目が肥えている人も多いから、素材が安っぽいと売れないし、デザインもやぼった

いとだめでしょう。それでアドバイスしてくれっていわれて。ド素人だからって断ったんだけど、その意見を聞きたいって、まあうまく丸め込まれちゃったのね」

と謙遜した。

「へえ、でも楽しそうじゃないですか」

「お金の話がなければね。私がこういうのがいいってデザインと見本の布地を選ぶと、みんなが、うーんってうなっちゃうの。友だちのそばにいる秘書がすぐに電卓を叩いてね、それだと売値が一万二千円高くなるっていわれたりして。何百円、何十円まで計算しなくちゃならないのよね、会社としては。何だか大変そうだった」

ちょっと他人事なのが、彼女らしくてよかった。

「あなたはどう、最近」

にこっと笑いながら彼女に聞かれた。キョウコはちょっとあせりながら、

「特に何もなしですよ。ただこの間、ネコちゃんに会えて……」

「ああ、あなたの恋人ね」

「そうなんです。その子が飼い主さんが押しているシルバーカーのなかに、ちんまり座って移動していたんですよ。本当にかわいいんです」

「へえ、お利口さん。逃げないの？」

「いちおうリードはつけていたんですけれど、本人は全然、そんな気持ちはないみたいで、のんびり周囲を見回しながら、乗っているんですよねえ」

クマガイさんはうっとりして饒舌になったキョウコを見て、くすくす笑った。そしてキョウコがその子の顔を見て、勝手に「ぶちお」とつけたのだが、後から首輪についていたプレートを見て、本名がアンディとわかったという話を聞くと、

「あはははは」

とクマガイさんは口を大きく開けて、お腹の底から面白そうに笑った。

「ふつうは源氏名のほうが格好いいのに、ちょっと違っちゃったんですよねえ」

「そうか、まだまだそのぶっちゃんと会うのが楽しみなのね」

「それが、なかなかタイミングが合わなくて。飼い主さんが高齢なので、体調のよしあしも大きいと思うのですが」

「そうね、ネコちゃんが自分の好きなように歩き回ればいいけれど、交通事故や、変な人もいるし危ないものね」

「そうなんです」

キョウコの小さな落胆とは反対に、クマガイさんは笑いを堪えているようだった。

「あなたは幸せね。私、本当にそう思うのよ」

突然、そういわれてキョウコはびっくりした。たしかに会社に勤めているときのようなストレスはないし、誰に何を命じられているわけでもない。毎日、何でも好きなことができる。世の中の人々がいやだと感じていることは何ひとつない。

「ああ、そうですね。うーん、でもそうでしょうか」

首を傾げていると、クマガイさんは、

「うん、私は見ていてそう思う。ここに来るまではいろいろなことがあったのだろうけれど、それをすっぱり切り離せたじゃない。世の中の多くの人は、いやだと感じていても、切り離せないのよ、ふつうは。いやだいやだと思いながら、毎日を過ごしていて、それがたまって顔つきに出ちゃうのよね。あなたはそれがないもの。私も会社を辞めたいとか離婚したいとか、何人もの人に相談されたけれど、その後、会社も結婚もやめた人は一人もいなかったわね」

クマガイさんがいうには、自分は意地が悪いから、後日、どうして退社や離婚をしなかったのかと彼女たちに聞いたら、「でも……」「やっぱり……」と、もごもごと口ごもって、はっきりした理由は聞けなかったという。

「だいたい本気で退社や離婚したい人は、相談なんかしないで、すぱっと思い切るわよね。相談するっていうこと自体、おかしいのよ。私はこういうふうにしたいのだけど、どういう段取りにしていいのかわからない、っていうのなら前向きな相談だけど、結局、あの人たちは不満を持っているのは間違いないけれど、同じところをぐるぐる回っているだけなのよね。そこから出るのなら、自分が思い切ってジャンプしないとね。誰も悩んでいる沼から体を引き上げてくれるわけでもないし、自分で決めないとだめなのにね。それができないから、みーんなぐずぐずいつまでも沼の中で文句をいい続けて、それで一生を終わるんだよね。まだ諦められる人は、それはそれでいいんだけど」

だからそれを切り捨てたあなたは幸せなのだと、クマガイさんはキョウコにいった。

「ありがとうございます。みなさまのお役に立つような事柄は何もしてないんですけど」

「いいの、いいの、それで」

クマガイさんは軽くキョウコの二の腕を叩いた。

「クマガイさんも幸せに見えますよ」

お返しのようにそういわれた彼女は、そうねえとしばらく首を傾げていたが、

「病気になったけど、今はこうやって元気にしていられるし、まあ、私もそうなのかな」

としみじみといった。

「クマガイさんは将来について、不安はないですか」

「不安ねえ、ないなあ。将来なんて考えたことがないから。余計なことを考えるから不安になるんじゃないの。毎日を生き続けているだけ。貯金もたくさんあるわけじゃないけどね。将来

なんて言葉は知らないっ」

クマガイさんはきっぱりとそういって、顔じゅう皺（しわ）だらけにして、にこっと笑った。

7

母が亡くなったというのに、キョウコは自分でも不思議なほど、彼女をほとんど思い出さなかった。知り合いで母親を亡くした人は、父親が亡くなったときよりも悲しかった、何を見ても母親を思い出して涙が出るなどという人もいたけれど、それもない。そのたまに思い出す内容も、懐かしいというよりも、母が自分の命令を押しつけてくる姿で、今となっては苦笑を伴うものだった。彼女の人柄を偲（しの）ぶようなものではなく、キョウコの頭の中に残っているのはそういう場面ばかりなのだから、まあ仕方がない。彼女はもうこの世にはいないし、これでお互いに不愉快な思いをしなくなったと考えれば、母も私も心の平安を得たといえるのかもしれない。

人が亡くなるのはそれなりに大変で、直後から兄夫婦、特に義姉（あね）は各所への届け出に追われていた。義姉からは手順を書いた手紙と届け出に必要な書類が送られてきて、キョウコはそれに書いてあるとおりに、近くの役所で印鑑証明や住民票を取ったり、書類に捺印して返送した。結局、母が亡くなってから葬儀についても、事後の届け出に関しても、自分は何もしていないので、キョウコは電話で義姉に詫びた。

「いいの、いいの。手分けするよりも一人でやっちゃったほうが楽でしょう。近頃、私、運動不足だから、ちょうどよかったの。また何かあったら連絡するわね」

義姉は明るい声でいった。キョウコは心の中で、

(私も運動不足で、お義姉さんよりも、ずっと暇なのに)

といいながら、

「ごめんね、本当にありがとう」

と会話のなかで何度も繰り返すしかなかった。

自分はまったくわからないのだが、専門家の試算によると、キョウコは二百万円を相続するらしい。月十万円生活の身としては、二十か月分の生活費になるので、とてもありがたいのだが、うれしいという気持ちはなかった。それよりも兄夫婦に、全額、相続してもらったほうが、よほどすっきりした。金額を連絡してきてくれた義姉にそんな気持ちを話すと、

「何いってるの、そんなことはいわないで。キョウコさんは法律的に相続する権利があるんだ

から」

といつになく厳しい声でいわれた。そしてその後、噴き出しながら、

「といっても、雀の涙のほんのひと粒程度だけどね。何億もあればよかったけれどね」

とつけ足した。キョウコは、

「すみません。いろいろとありがとうございました」

と再び礼をいうしかなかった。

臨時収入があるとわかっても、キョウコの生活はまったく変わらない。それで新しい服や靴、バッグを買おうとは思わなかった。とことんそういったものへの興味は失ってしまったようだ。素敵なもの、きれいなものを見るのはやっぱり好きだけれど、それを買って手元に置きたいという気持ちはない。こんな生活をしているので、一度、ぱーっと使ったらどうなるだろうかとは考えるけれども、その対象になる使い途が思いつかない。たとえば旅行、美容に関しては放置しっぱなしなので、メンテナンスのための全身エステティック、冬に着る暖かい上等なコート、快適な最新式のエアコン……。どれもぴんとこないので、きっと銀行口座に振り込まれたままになるだろう。クマガイさんとチユキさんを誘って、また食事にでも行けたらいいなとは思ったので、それくらいはするかもしれない。

義姉からはその雀の涙の相続の話のついでに、同居の話が出た。キョウコも無視していたわ

けではないが、彼らに話すにはいい返事ではないので、そんな申し出などなかったように、返事を引き延ばしていた。その間、兄夫婦は妹の気持ちはいったいどうなのかと気を揉んでくれていたのだろう。

「この間の話、どうかしら」

彼女がそんな自分に対して遠慮がちなのも、かえって申し訳なかった。同じ家に住んでいるからといって、いつも顔をつき合わせているわけでもないし、その部屋に住んでいるように、好きに暮らしてもらっていいといわれたものの、実際、そのようにできるわけはなかった。

義姉がそう考えていたとしても、兄夫婦が家の小さな修繕や、庭の手入れをしているときに、キョウコが知らんぷりできるかといったら、そうはできない。義姉が料理を作ってくれているとなったら、毎回、ただ食べる側でいるわけにはいかない。必ず家でのあれこれを手伝わなくてはならなくなる。それ自体はいやだというわけではない。キョウコは兄夫婦の行動を気にして、いつも気を遣ってしまうのがいやなのだ。

義姉はとてもいい人なので、素直にキョウコの将来を心配してくれている。これまでは大きな声でいえなかったが、目の上のたんこぶだった母が亡くなったので、障害はなくなったと判断したのだろう。「お義姉さんが考えているよりも、私はずっとわがままなんですよ」と正直に彼女にいえたらどんなにいいだろう。ここに住んでいれば、他人に深く干渉しないお隣さんたちのおかげで、好きなときに起きて、好きなときに寝て、わがままし放題だ。この生活に慣れてしまったら、もう身内であっても、人に気遣いをする生活には戻れない。いくら善良な兄夫婦とでも、同居をするとなると、相手への思いやりが基本になる。しかし今のキョウコには、相手が身内であるがゆえに、それがとてもしんどい。相手の善良さを考え、義姉の気持ちを考えると、自分の考えをすべて正直に話すのはためらわれるのだった。

このような心情なので、彼女には、

「兄もお義姉さんも大好きだけど、今の生活がとても快適なので、同居する気はないのです」

というしかなかった。電話の向こうからがっかりした雰囲気が伝わってきた。

「そうなの。うーん、残念だわ」

彼女は明らかに気落ちしていた。

「こういっちゃ何だけど、私たちもそうだけど、これからますます歳を取るでしょう。キョウコさんもいつまでもそのアパートにいられるのか心配なのよ。余計なお世話なのは重々わかっているんだけれど。今よりも使えるスペースは広くなるし、いつでも好きなときにお風呂にも入れるしっていっても、こういうことはきっとキョウコさんには関係ないのよね」

「お義姉さんたちの気持ちは本当にうれしいの。ごめんなさいね、せっかくのご厚意を無にするような形になってしまって」

「ううん、それはいいんだけれど。気持ちが変わったら遠慮なくいってね。私たちはずっと待っているから」

静かに電話は切れた。心から申し訳ないと兄夫婦が住んでいる実家の方角に向かって頭を下げた。

逆にどんな状況になったら、兄夫婦と同居する可能性があるかと、ベッドによりかかりながら考えた。れんげ荘に住めなくなったとき。たとえば建て直しなどの問題が起こったら、同じ程度の家賃で住める別のアパートを探すだろう。天変地異が原因だったら、実家に一時的には帰るかもしれない。自分が病気になったとき。そうならないように日々、生活習慣、食事などには気をつけているが、できる限りここで過ごし、入院が必要になったら病院で治療、加療してもらい、退院後、もしも静養が必要で、自分で身の回りのことができないとしたら、義姉を頼ってしまうかもしれない。でも実家にベッドを移すことはないだろう。

「本当に私ってわがままね」

キョウコはつぶやいた。それまで同居を固辞していたのに、自分の体が自由に動かなくなったときに兄夫婦に頼るというのは、本当に虫がよすぎる。兄夫婦と同居をして、中高年の家族として協力し合い、そのなかで体調がすぐれなくなったら、助けたり、助けられたりするのが筋だろう。自分の都合のいいときだけ、兄夫婦に助けを求めるのは、人としてよろしくない。

きっと兄夫婦は、同居を断られたとがっかりするだろう。善良な人を悲しませるのは、自分でも辛かった。でも自分は自分がしたいように生きていきたかった。

部屋の前で顔を合わせたクマガイさんにその話をすると、まず、

「私はあなたよりも年上だから、役に立つかどうかわからないけど、何かあったら面倒を見るから安心して。私も病気になったときに、みなさんにお世話になったしね」

とにっこり笑ってくれた。

「でもお義姉さんがそういう人だったら、もしもそうなったら寂しい思いをするかもしれないわね。どうして自分を頼ってくれないんだろうって考えてしまうかも」

「そうなんです。いい人だから余計に申し訳なくて」

「まあ、そうなったらそのときでいいんじゃない。話せない状況だったら、私が代わりにあなたの気持ちを話してあげるから」

「ありがとうございます。心強いです。万が一、クマガイさんがそういった状況になったら、私がお世話をしますから」

キョウコが真顔でいうと、彼女は笑って、

「年齢的にその可能性が高いわよねえ。どうぞよろしくお願いします」

と頭を下げた。身内よりも他人にこんなことが頼めるのは不思議な気がしてきた。母からの

相続についても、

「これから歳をとって、何があるかわからないんだから、もらえるものはもらっておきなさい」

　といってくれたので、気が楽になった。

　一週間後、チユキさんが一旦、こちらに戻ってきて、キョウコの部屋をたずねてくれた。最初はにこやかに挨拶をしていたが、

「ひどいんですよ」

　と切りだしたかと思ったら、みるみるうちに怒りの表情になった。内装工事を担当している壁のクロスを貼る業者が、洗面台の陰になって、下まで見えない部分の壁のクロスを貼らずに、下地が見えたままにしようとしたという。

「普通は床まで貼りますよね」

「それは当たり前でしょう」

「それが、どういうわけか、中途半端なところでカットしようとするので、『待ってください。どうしてそんなことをするんですか』って聞いたら、『どうせここは見えないから』っていうんです。立っていたら見えないかもしれないけれど、かがむと見えるんです。クロスの長さは床までの長さで発注して、代金が発生しているはずなので、たとえ五十センチでも一メートル

でも短くしちゃいけないと思うんです」

「それはそうよ」

「ですよね。それなのに『見えないから』とかいうなんて、ひどすぎますよ。見えないところの手を抜かないのが職人なんじゃないですか」

「そういう人は職人さんじゃないわね。ただの紙を貼る人よ」

「勝手に別のパーツに変えられそうだったのも、すべて確認してきました。クレームをつけたおかげで、ちゃんと注文したものがついてました」

「それはよかったわね、といっても、それも当たり前なんだけど」

「その当たり前ができないんですよ。施主が若い女だからって、ばかにするなよっていいたくなりました」

「施主のほうも安ければいいっていう人が多くなったのかな」

「そうかもしれないですね。クロスを貼った人も、少しでも短くして代金を安くしようと思ったのかも」

「それは好意的に考えすぎじゃない。それだったら最初から値引きするはずだし」

「そうですね。やっぱりいけないんだわ、あのおじさん」

彼女はぷんぷん怒っていた。そして、

「怒ったらお腹がすいちゃったので、失礼します」

と自分で握ってきたおにぎりを、布バッグから取り出して食べはじめたので、キョウコは笑いそうになった。

「おいしそうね。中身はなあに？」

「梅干しです。彼が漬けたんです。減塩でも何でもないのでしょっぱいんですけど……。今の気分にはちょうどいいです」

キョウコはほうじ茶を淹れ替えてあげている間中、笑いがとまらなかった。怪訝な顔をしている彼女に、

「チユキさん、この三か月くらいで、一生分、怒ったんじゃないの」

といった。

「はあ」

口をもぐもぐさせながら、しばらく彼女は考えていた。

「そうかもしれません。怒りの連続でしたからね」

「チユキさん、ふだんはほとんどっていいほど怒らないものね」

「基本的に鈍いんでしょうね。子供の頃からそうでした。小学校の高学年のときに一七〇センチ近くあったので、大木とか大女とかからかわれても、特別、何とも感じなかったんですよ。

ああ、背が高いからその通りだななんて思って。あっ、今回はお金がからんだからでしょうか」

「それはますますあなたの性格とは、かけ離れている感じがするけど」

「ああ、そうですね。うーん、祖父が残してくれたものっていう気持ちがあったのかなあ。それをずっと大事にしたいっていう……」

「そうかもしれないわね。おじいさまをないがしろにされているような気持ちになったのかな」

「そうです。そうですね、きっと」

作る手も大きいために、一般的なものよりも大きなおにぎりを一個食べ終わった彼女は、ふうっとひとつ息を吐いて、

「ああ、落ち着いた……」

とつぶやいた。

「あと床を張り替えれば、それで工事は終わりです。それでひと息つけますから。そうなったらしばらくは借りてくれる人を探さないで、そのままにしておきます。こういうことがあると、人に貸すのが怖くなりますね。大家はそんなことじゃいけないんでしょうけれど。その前に、おじさんたちに小娘扱いされて甘く見られちゃいけないので、これからもチェックしに戻って

来ます」

　チユキさんがあたふたしている一方で、お相手の彼は相変わらず、畑を耕し、仏像彫りに没頭している日々だという。

「ぼくも一緒に様子を見に行ってあげようか」

　などとはひとこともいわない。ふだんは無口だが、ここぞというときにだけ熱く語るタイプなので、チユキさんが眠いときにはとても困ってしまう。彼女が目を半開きにして、眠いからといっても、

「うん、あともう少しで終わる」

　といって、全然、彼の熱弁は終わらない。とことんマイペースな人らしい。

「ずっと一緒に暮らしているわけではないから、話したいことが溜（た）まっているんじゃないの」

「いえ、一緒にいても、ほとんど最低限のことしか喋（しゃべ）らないですよ。発言量を平均化して欲しいんですけどね」

　キョウコがお茶のお代わりと、お茶うけのかりんとうを出すと、ため息をついていた彼女は、

「あら、うれしい」

　とにっこり笑って長くてきれいな手を伸ばした。若い人の手って、血管が浮いていないのだなとキョウコは再確認した。

そしてチユキさんは一時間ほどキョウコの部屋で、愚痴や不満を話した後、
「何だか眠くなっちゃいました。お邪魔してごめんなさい」
と何度も謝りながら、自室に戻っていった。あれだけ食べたら眠くもなるだろうと、キョウコは隣に声が聞こえないように、口を押さえてくすくすと笑った。天真爛漫（てんしんらんまん）な大きな赤ん坊みたいな人だった。

久しぶりにコナツさんから電話があった。家庭裁判所に申立てしていた、男児の認知と氏の変更が認められたという。これでコナツさんのお相手の元カノの姓のままだったヨシヒロくんが、父親であるタカダさんと同じ名字の息子となったのだ。家族として生活しているのに、事実婚の男女、そして父親と血がつながっている子供の三人が違う姓という妙な状況は解消された。

キョウコは時代が変わるに連れて、感覚も変わっていくので、昔ながらの常識などをふりかざすのはおかしいと考えてはいるが、さすがに事実婚の男女の姓は同じじゃなくても、せめて子供はどちらかの姓でないと、変ではないかと思っていた。おまけに元カノが新しい彼氏に夢中で、男児を置いて育児放棄しているのも問題だった。タカダさんはヨシヒロくんをとてもかわいがっているし、コナツさんも新しい母親として。子供をかわいがっているようだったので、望んだ結果になってよかったとキョウコは喜んだ。

「よかったわね」

「はい、ほっとしました。普通は奥さんというか、産みの母とものすごく揉めるらしいんですけれど、今回はあまりに向こうが、『ああ、いいです、別に』っていう態度なので、係の人もびっくりしていました。本当にいいんですかって、何度も念を押したっていっていました」

「そうか、全然、揉めなかったのね」

「はい。どうぞ、どうぞっていう感じで」

「それもひどいわね。ヨシヒロくんがそれを知ったら悲しむわね」

キョウコは気持ちが暗くなった。

「まあ、大きくなったら、ちゃんと話すつもりでいますけど。でもまだちっちゃいんで、二人で協力して育てていきます」

「これからどんどん言葉も覚えて大きくなっていくものね」

「はい、今はそれがいちばん楽しいです。この間なんか、白目をむいて寝ていたので、びっくりして起こしたら、何ともないんですよ。まったくどうしてそんな寝顔になるんでしょうかねえ。それと、うちのスーパーで売っている、子供服の売れ残りを買ったりしてるんですけど、そのなかのサルの柄のTシャツをものすごく気に入っていて、そればかり気に入って着ようとするんです。パンダは店頭に出しても真っ先に売れるらしいんですけど、サルは人気がなくて。

でもうちの子があまりに気に入ったので、ピンク色も含めて五色全色揃えちゃいました。売場の担当者は在庫がはけたって喜んでました」

コナツさんの声は弾んでいた。職業を聞かれると旅人だとか、シャワー室に男性を連れ込んだりとか、れんげ荘のなかでちょっと問題を起こしていた彼女とは思えないくらい成長していた。

「それにしても彼を産んだ元カノは、よく平気でいられるわねえ」

「自分の生活のなかで、今の恋人がいちばん大事だからじゃないですか。私も気持ちはわからないでもないですけど」

「えっ、そうなの?」

「もちろん私はそんなことはやりませんけど、ヨシヒロくんが邪魔なんだろうなとは思います。たとえば小学生くらいになっていたら、学校に通っている時間があるから、ずっと自分が見ている必要はないけど、まだ小さいからずっとそばにいなくちゃならないじゃないですか。まとわりついてきて鬱陶しいですよ。おまけに大好きな人がいたら、この子のせいで会える時間が少なくなるって思って、安心でおまけにタダで預けられる人に預けちゃったっていうことなんでしょう」

キョウコは出産した経験はないが、それでは母としての子供に対する気持ちはないのだろうかと不思議でならなかった。自分も母とうまくいっていなかったし、亡くなるまで敵対していたといってもいいけれど、少なくとも幼いときはそれなりに母は自分をかわいがってくれていたと思う。寂しかったり悲しい思いをした記憶はない。成長するにつれて、母からの要求が強くなってきて、それが重圧になって距離を置くようになったのだ。

考え方を変えれば、母はキョウコを自分の所有物のように考えて、思い通りにしようとしていた。無視をするのとは逆で、子供に期待と執着を持ちすぎていたような気がする。しかしタカダさんの元カノは、自分の産んだ子供を無視しようとしている。その感覚はキョウコには理解できなかった。多少なりとも理解できるといったコナツさんにも、そういったところが少しはあるのだろうか。

そんな思いを心の中に隠して、キョウコはコナツさんとの会話を続けた。

「預けられる人がいて、まだよかったっていうわけね」

「そうですよ。ひどい人なんか、ほったらかしにして出かけたりしてるじゃないですか。あれよりはましだと思いますけどね」

キョウコは両方ともまずいんじゃないかと思ったけれど、男児がとりあえずは実の父親や、周囲の人々、血はつながっていないけれども、母親がわりの女の人にかわいがってもらい、衣食住には問題なく、健康で成長しているのはよかったと考えるしかない。

「ヨシヒロくんはお父さんの姓になったとして、あなたたちは事実婚のままなのね」

「そうですねえ、今のところは。結婚するといろいろと手続きが面倒じゃないですか。男の人はいいけど女のほうが。どうしてこんなシステムになってるんでしょうかね」

「本当よね。どちらの姓でもいいんだけど、女性の姓に変わる男の人はずっと少ないでしょうからね。コナツさんはまだスーパーマーケットにお勤めしているんでしょう?」

「もう品出しのベテランですよ。紙おむつについては、赤ん坊からシニアまで、何でも聞いてくれっていう感じです」

　コナツさんが電話の向こうで胸を張っているのがわかった。

「頼もしいわ。体に気をつけてね」

「ありがとうございます。ササガワさんもお元気で。また一緒に御飯でも食べられたらいいなって思います」

　なんだかんだとあったけれども、コナツさんも落ち着く場所を見つけたのだなあと、キョウコは時の流れを感じた。あぶなっかしいと思われた若い人も、それなりに成長していくのだ。なかには何も考えずにぼーっと過ごしている人もいるのだろうけれど。

　チユキさんやコナツさんを見ていると、若い人は将来があっていいなと、正直思う。クマガイさんはキョウコよりも年上だが、自分はもういい、などという考え方ではなく、自発的にいろいろなことをやっているようだ。自分だけ何もしていない。自分でそれを望んだくせに、そんな生活が長くなってくると、これでよかったのかとふと考えることが多くなった。しかし自分がやっているのは、読書だったり刺繡（ししゅう）だったりと、インドアのことばかりで、ずっと家の中にいるので、ずっと景色が変わらない。だからといって何も用事がないのに、気晴らしに電車に乗ってどこかに行く気にはならなかった。

会社に勤めているとき、新入社員の男性たちは先輩から、飛び込みでクライアントを開拓しろと指示される。実は契約を求めているわけではなく、自らが積極的に見知らぬ人に対して動く訓練のようなものだった。それができる人はいいが、できない人もいる。後日、キョウコは同僚から、

「○○くんは、会社を出てから帰社するまで、ずーっと山手線に乗っていたらしいよ」

と聞かされ、びっくりした覚えがある。やることがない場合、ぐるぐる回っている山手線に乗っているのはいい方法だったかもしれない。しかしそれを聞いたキョウコは、そんなに長時間、耐えられるのだったら、えいっと目をつぶって、手当たり次第に一件や二件の飛び込みくらいはできただろうにと首を傾（かし）げたのだった。

今の自分は何もせずに電車に乗り続けていた彼と大してかわらないが、自分にとっては、することがなくて電車の中でぐるぐる回っているよりも、まだこの部屋にいて、ぼんやりと小さ

な窓から見える空を眺めたり、鳥の声を聞いたりしているほうが、よっぽど居心地がよかった。大きな空を見たければ外に出て散歩をする。遠くへ行かなくても、お金を使わなくても、ご近所で済むのがキョウコの楽しみなのだった。

チユキさんの怒りの種だったマンションの内装工事は無事に終わった。

「これからチェックに行きます」

といったときの彼女の顔はとても厳しくて、ふだん見られない表情だった。室内の細かい部分まで点検し、納得できない部分は、作業をするベテランのおじさんたちにやり直してもらうことを何度も繰り返して、やっと彼女が納得できる仕上がりになったといった。

「最初は相手にされていなかった気がするんですけれど、最後は向こうもちゃんと誠意をもって仕事をしてくれるようになりました。業者さんもいろいろな人がいて、私もいい勉強になりました。結局、施主の意向に沿ってきちんとやってくれるか、適当にごまかして自分たちが楽をしたり儲けにしたりするか、どちらかなんですね」

「ああ、そうねえ。そういう人たちもいるかもしれないけど、きちんとお仕事をしてくれる人も多いでしょうから」

「本当にそうなんですね。クロスの問題があったので、床についてはちょっと気になっていたんですけど、丁寧な仕事をしてくださる業者さんでよかったです」

「私はあの怒りに燃えたチユキさんのままだったら、どうしようかと思ったもの」

キョウコはそのときの彼女の顔を思い出して、つい笑ってしまった。

「きっとひどい顔をしていたんでしょうね。あー、やだやだ」

彼女は両手で小さな顔を揉みほぐしはじめた。いくら揉んでも皺が少ないのがうらやましい。

「大丈夫、ちゃんと前の顔に戻っているわよ」

「そうですか、じゃあ、よかったです」

ふうっと息を吐いて彼女は笑った。

「これで安心して山に行けるわね」

「そうですね。向こうにいて畑仕事といっては大げさですが、肉体労働をしているときは忘れているんですけれど、夜、縁側でぼーっと月を見ていたりすると、うまくいくのかなあって心配になったりしました。近所の方々も、窓を開ける時季なのに、工事の音がうるさいだろうなあって申し訳なくなったりして。それを彼にちょっと話すと、『それはやむをえないことだ』なんて、あっさりいわれてむかついたり……。ふふふ」

「淡々としているのね」

「それがむかつくんですよ。あんたの好きな分野で熱くなるところがあるのはわかっているけれど、私との日常生活のなかで、熱くなることはないのかって。私に対しても慰めるとか、叱るとか、もうちょっとパッションっていうんですか、情熱がね……ないんですよ……」

「情熱はすべて仏像を彫る作業に……」

「水墨画に描かれているような仙人と一緒にいる気分です。こんなに枯れたままでいいんでしょうかねえ」

「でもそういうところが、魅力的でよかったんでしょう」

「うーん。でも限度がありますから。今度のことでも、私が腹を立てて愚痴をいっても、静かにワンフレーズで片づけられると、寺の門の横に置いてある掲示板じゃないよって、いいたくなっちゃうんですよね」

「チユキさんはもっとコミュニケーションが欲しいわけよね」

「そういうことになるんでしょうか、結局は」

「ずーっと一緒に住んでいるわけじゃないから、顔を合わせれば話すことはたくさんありそうだけど」

「それが違うんですよ。あることはあるんですけど、偏っている……」

「ああ、例の発言量の平均化ね」

「そうです、それです。気分屋じゃないんですけれど、うーん、彼の頭の中はわかりませんね」

「だからいいんじゃないの」

「そうですかねえ」

「謎が多いほうが面白くない？」

「謎だらけですよー。本当にわからないんですよー」

チユキさんはそういっていたが、キョウコから見て、彼女はとても幸せそうだった。この二人はこれからも問題はないなと思った。自分は結婚の経験はないが、年長者としてそう感じたのだった。

8

夜になると少し肌寒く感じるようになったので、銭湯が恋しくなるのだけれど、女湯の主を考えると、キョウコはだんだん面倒くさくなって行くのをやめてしまった。彼女たちの姿を見なければ見ないで心配になるのだろうけれど、「あなたは誰」と問われて、嘘の返事をし、納得してもらう。日を置かずに会ったときは、キョウコの嘘の正体を覚えていてくれるのだけれど、次に会ったときは、すっかり忘れられている。また一から嘘をつかなくてはならない。キョウコがそれを楽しめるときはいいのだが、鬱陶しく感じるときもある。ふつう銭湯は体を癒(い)やしに行くもので、行く前よりも帰るときのほうが疲れるのでは、何のために行くのかわからない。ときには苦手なものから遠ざかりたいのだ。

シャワー室はやや寒いけれど、数歩歩けば部屋に戻れるので、楽なのはこの上ない。室内に風呂があったほうが便利なのかもしれないが、もしもこの部屋に風呂があったとしたら、よほどずっと窓を開けていないと、室内が湿気でかびてしまうだろう。この建物の造りには、シャワー室がいちばん合っているような気がしている。

れんげ荘の老朽化により、年々、すきま風もひどくなっているような気がする。どこからもれているのかと、風の強い日に部屋の中をゆっくり歩くと、何か所かから風が吹き込んでくるのがわかる。夏場はこれで助かる部分もあるのだが、冬はきつい。いくら室内を暖めても、すきま風と混ざり合って、室温が上がらないのだ。そのためにここの住人は、部屋の中でも帽子をかぶってダウンジャケットを着たり、毛布を頭からかけて雪ん子状態になる。肩が寒い経験は以前にもしたけれど、毛が薄いわけでもないのに、頭皮が寒いと感じるようになったのは、ここに住んではじめての体験だった。

風邪(かぜ)をひくと困るのでキョウコは防寒に励んでいた。クマガイさんは、冬になるともっこもこに着込む。

「あまりに着込みすぎて体の自由が利かなくなって、ころんって部屋の中で転んじゃうのよ。一度転ぶとね、それがなかなか起きられないのよね」

と笑っていた。あまりに起き上がれないので、転んだままずっていって、室内の目的の場所まで移動するらしい。

「着込むと、関節が自由にならないのよ」

そういいながら、部屋に入っていったのだった。キョウコも毛布をかぶったまま室内を移動すると、足元の毛布を踏んづけて転びそうになったりはするが、まだ畳の上に転がったことはない。でもいつ自分もそうなるかわからない。

チユキさんがキャメル色のレッグウォーマーを長い足につけていると、とってもお洒落なのに、自分がつけていると藁靴を履いているように見える。プロポーションって大事だわと思う。しかしレッグウォーマーも必須アイテムなので、

「さて、藁靴を履くか」

といいながら、足につけて、

「暖かい、暖か〜い」

と喜びながら室内を歩き回っていた。

マンションの部屋の工事もすべて終わり、半月ほど山に行っていたチユキさんが戻ってきた。また道の駅で買ったねぎ、長芋、レタス、アスパラガスなどの野菜と、ご近所さんが作ってくれた、そば饅頭（まんじゅう）やあんぽ柿を持ってである。

「どうしたの？　また何かあったの？」

やっと工事のごたごたが終わり、山でのんびりしているのかと思ったキョウコは、心配になって聞いてみた。キョウコが淹れたほうじ茶を飲みながら、彼女は、

「いえ、部屋については問題ないんですけれど、もう山が寒くて寒くて……」

という。気温を聞いたら、こちらはだいたい十二、三度、暖かい日は十八度近くにはなるのに、すでに一桁（けた）の気温になっているという。

「それも五度以下なんです……」

「それは寒いわね」

「地元の人は、『今年は暖かいねえ』なんていってるんですよ。これで暖かいなんて、どうしましょうっていう感じなんです」

「ここも寒くなるんだけどねえ」

「いやあ、寒さの質が違いますよね。あちらは本気です」

チユキさんは真顔でいった。

「あなたは脂肪が少ないから?」

「そうかもしれないですね。昔、彼が仕事関係でスポーツジムの経営者と知り合いになって、しばらく通っていたらしいんです。ものすごく体を絞って、体脂肪が十パーセント以下になったら、寒くて仕方がなかったっていっていました。外を歩いていると悲しくなって泣きそうになったって。それでトレーニングはしばらく控えていたら、元に戻って。今は農作業がトレーニングだといって、楽しそうにやってますけど」

「農作業をやったら、少しは体も温かくならないかしら」

「たしかになるんですけれど、私はパーツモデルの仕事もたまにあるので……」

「そうか。あまり手を酷使できないわね」

「そうなんです。それなのに種まきを失敗したり、せっかく出た芽を摘んじゃったりするので、どうしようもないですね」

彼女は情けなさそうな顔をしながら、またお茶をひと口飲んだ。

「まあ、人それぞれ、適材適所があるということですよ。彼は何もいわないんでしょう」

「はい、全然」

彼女は大きくうなずいた。

「だったらいいんじゃないの。それで揉めたりするとまた面倒だけど」

「その点は大丈夫なんです。あの方は毎日、仏像が彫れれば満足なので」

「よほど気持ちが入っているのね」

「ええ、もう、彫刻刀や鑿が手と一体化しているみたいです」

「それはすごい。名人の域じゃないの」

「とんでもない、そんなのじゃないんです。ただ長時間彫っているっていう……」

「あなたから見て、その仏像はどうなの？」

「うーん、そうですね。彫りはじめたときよりは、彫ったものに魅力が出てきたというか、うーん、でもよくわかりません」

彼女はきっぱりといって、自分が持ってきたお饅頭をぱくっと食べた。

「でもそれだけ気持ちを込めて彫っているのだから、きっと結果が出るわよ」

「今のところ、たっくさんの小さな仏像が部屋の隅に立ててあるだけですけどね。でもちょっと怖いんですよ。はっきりした顔立ちじゃないので、遠目にはただの短い木の棒が並んでいるみたいなんですけど、そばによるとじっとこちらを見ているみたいなんです」

「そういう効果がもう出ているじゃないの。ただの棒きれには見えないんでしょう」

「私が仏像と知っているからそう感じるだけで、知らない人が見たら、ただの棒きれだと思いますけどね」

チユキさんは意外に冷たかった。

「ご近所の方々は知っているの？」

「知っていますよ。勝手に家の中に入ってきちゃいますから。でもみなさんご先祖様を大事になさっているので、『若い人なのに信心深い』って感心されてます」

「それはよかったわね」

「彼はご近所さんにとても好かれているんですよ」

「彼は？」

「ええ、私については『あんたの嫁さんはどうしてここに一緒に住まないんだ』とか、『ここの土地には合わない人だね』なんていわれているみたいです」

「あら、そうなの」

「不思議なんじゃないでしょうかね。事実婚のことはいっていないですけれど、ご近所さんにとっては私は彼の嫁なので、どうしてたまにしか来ないんだって、不思議がっているみたいです」

「なるほど」

「彼も説明しようとせずに、にこにこ笑っているだけなので、みなさんは私のことがよく理解できていないんだと思います。私も聞かれたら答えますけど、自分からあれこれ話すことでもないですし」

「それはそうよね」

チユキさんにしてみれば、彼女が山にいないときに、何となく説明してくれればいいのにそれはしない。彼が自発的に二人の関係を話すわけでもないとなると、ご近所さんにとっては、彼は信心深い農業を勉強しにきた若者であり、チユキさんは、突然現れて突然いなくなる、都会の気まぐれな美人の嫁というイメージなのだろう。

「おまけに寒い！」

れんげ荘の寒さのほうがまだましだと思って戻ってくるなんて、よほど山は寒いのだろう。

「暖かいのが囲炉裏（いろり）の周りだけなんです。なまじ広いので、どこにいても寒くって。そろそろ水があるところは全部、凍るようになると思います」

若い女性に冷えは禁物とアドバイスしたキョウコは、

「暖かくなるまで、ここにいたら？　また山に行きたくなったら行けばいいんじゃない」

といった。

「私もそうするつもりです。彼もそれでいいよっていっています」

自由すぎる男女の関係も、なかなか難しいものらしい。

律儀なチユキさんは、クマガイさんにも挨拶に行き、きっと同じ話をしたのだろう。お互い

に何もいわなくても、アパートの外で顔を合わせたときに二人の口から出たのは、

「山は大変そうね」

だった。

「でも彼のほうも納得しているのだから、それでもいいんでしょうね」

キョウコがそういうと、クマガイさんは、

「二人がいいのだったらそれでいいのよ。でも周囲の人の目の、そっちのほうが問題なんじゃないの」

という。

「たしかにそれも影響していますよね」

「周りの人も気になるんでしょうね。若い二人が都会から来て、農業をやろうっていうから、親切で教えてくださるんでしょうけど。そこに彼らから見たら嫁が参加しないで、いたりいなかったりするっていうのは、ずっと地元に住んでいるお年寄りには考えられないことなのかもしれないわ」

「そうですよね。話を聞いたらチユキさんはそういった作業が自分の仕事にも影響するみたいだし、やる気がないとみられているのかもしれないです」

「それだとかわいそうよね。彼女には彼女の都合も理由もあるんだから」

「推測ですけれど、彼は周囲の人たちに、いろいろと聞かれたりいわれたりしているんじゃないでしょうか。そこで何もいわないで、にこにこしているのが、チユキさんにしてみたら、ちょっと気に入らないのかな」

「うん、そういうふうなこともいっていたけれど、私は、それでいいんじゃないのっていったのよ」

クマガイさんは、彼がそこでチユキさんについて、本当の話をあれこれしたら、もっと彼女に興味がわいてしまうから、軽く聞き流して何もいわない、今の状態のほうがいいのではと話したという。

「そうかもしれないですね。あれこれ弁解したほうが、余計に興味が深まるという……」

「そんな気がするのよね。正直に全部話したところで、ああ、それならねっていうふうにはならないと思う」

キョウコは納得した。チユキさんは、よろしくない嫁といわれ続けることに不満があるようだが、彼のやり方のほうがいいのかもしれない。

「まあ、若い頃はいろいろとありますからね。でも私だったら、囲炉裏の周りだけが暖かくて、そこに好きな人と二人でいたら、幸せって思うけどなあ」

クマガイさんはふふふと笑った。

「でも相手はずーっと仏像を彫ってるんですよ」

「それねえ、それがねえ、もうちょっとねえ、愛情を平等に……」

クマガイさんは笑いながら、

「それでは行ってきます」

と歩いていった。二人の仲が周囲の人たちによって、乱されないようにと願うのは、キョウコもクマガイさんも同じだった。

義姉からは様子伺いの電話が来るようになった。風邪などひいていないかと、体調を気遣ってくれているのだけれど、ここで「寒い」という単語を発したら最後、

「だからうちへ……」

と押し込まれるのに決まっている。キョウコもそこを突っ込まれたら、ちょっと不利になってしまうので、彼女と話すときは「寒い」は禁句なのである。気遣いの言葉に、

「大丈夫。元気でやっていますよ」

と話すと、彼女は、

「それだったらいいけれど」

の後の言葉が続かない。キョウコの不調を期待しているわけではないが、何とかよりよい環境へと考えてくれているのだと思う。

「お兄さんも元気ですか」

「ええ、元気よ。やっとお義母さんのことも落ち着いたから。そうそう、書類も通ったみたいで、キョウコさんのところにも、例のお金が振り込まれると思うわ。ねえ、余計なことなんだけど、それでもうちょっと何とかできる部屋に引っ越したらどうかしら」

義姉の何とかできる部屋という表現がおかしくて、噴き出しそうになった。

「えっ、何とかできる部屋?」

「そう、せめて部屋の中にお風呂があるとか。たしかそこはお風呂がなかったわよね」

「シャワー室はあるの。近所に銭湯もあるから、その点は大丈夫なんだけど」

「でもこれから寒くなると、行き帰りで風邪をひいたりしないかしら」

「冬は何年も過ごしていますけど、それは大丈夫ですね」

「キョウコさん、前はそうでも、自分は年々、歳を取っているのよ。五年前にはひかなくても、今年ひく可能性だってあるでしょう」

「それはそうですよね。歳は取ります」

「そうなのよ。だからね。無理はしないで……」

「銭湯には高齢の方もたくさんいらしてるんですよ。だから大丈夫なんじゃないのかな」

「うーん、でも特に丈夫な方たちかもしれないし。用心するに越したことはないわ」

「そうですね。体を温めてよく寝るように気をつけます」

「そうね、本当に無理しないでね。そして何かあったら連絡してちょうだいね。私たちの間に遠慮はなしよ」

「わかっています。遠慮はしていませんから。いつも気遣っていただいてありがとうございます」

「はい、それじゃあ、元気でね」

義姉からの電話は切れた。

自分のわがままのせいで、彼女は胸を痛めている。これからお互いに歳を取るにつれて、ますます実家への勧誘は強くなってくるだろう。れんげ荘を引っ越す気はないので、キョウコは、

「困ったなあ」

と小声でいいながら、毛布を腰に巻きつけた。

三日後、キョウコの通帳に母が残したお金の一部が振り込まれた。当然ながら、毎月、残金は増えることがなく、減る一方だったのに、桁の違う金額が振り込まれていた。

「へええ」

銀行のATMで記帳した通帳を、しげしげと眺めた。そして、

「ありがとうございました」

と小声でいって、帰りがけに花店でストックと、それに合わせてそれまで部屋にはなかった大きめの花瓶を買ってきた。れんげ荘のキョウコの部屋は、あっという間に明るくなった。

これは天国の母への供養と、キョウコは毎日を過ごしていた。わだかまりのある相手はもういないのだから、気にするものは何もない。亡くなった直後は、もうちょっとこうすればよかったのでは、などと思うこともあったが、考えるのはやめた。今さらあれこれ考えてもどうしようもないし、

「変に悩むと顔が老けるだけ」

と自分自身にいいきかせた。自分のもやもやした思いがすっきりすることは何かなあと考えていたら、クマガイさんやチユキさんと話していても楽しいけれど、いちばんうれしいのは、ぶっちゃんと会うことだった。

この前会ったときから、何かと気をつけてはいるのだが、姿を見かけてはいない。飼い主さんの老婦人の体調もあるから、寒くなってきたので外出を控えている可能性もある。

「また会えないかな」

この前のちんまりとシルバーカーに乗っていた姿はあまりに愛らしかった。物忘れやうっかりが多くなってきたキョウコの頭でも、あのときの姿はありありと思い出せる。開けた口の中の歯の形まで思い出せた。ぶっちゃんはクマガイさんから、「あなたの彼氏」と呼ばれている

だけあるなと、キョウコは自分の好きなものに対する情熱に笑ってしまった。本当ならば、飼い主さんの後を追って、どこに住んでいるのか突き止めたいほどだ。ぶっちゃんが遊びに来られるくらいだから、それほどここから離れていないだろう。しかしオス猫は結構、遠くまで散歩に行くという話も聞いているので、意外と離れているのかもしれない。

唐突に、

「どちらにお住まいですか」

とも聞けないし、もし知ってしまったら、自分は絶対にぶっちゃんの家の周りをうろうろしてしまうに違いなかった。

「ぶっちゃん、元気だといいな」

飼い主さんをまず先に心配しないのが、失礼なところと、キョウコは自分を叱った。でも申し訳ないが、優先順位はそうなのだった。

いつぶっちゃんに会えるのかなあと、キョウコが外に出るときょろきょろするのは相変わらずだった。老朽化したアパートの前で、老朽化しつつある、それも何もやることがない女が立っているのは、いかにも怪しいので、箒とちり取りを持って掃除しながら、衝撃の再会を待っていた。きれいになっても、それで終わらせるわけにもいかず、かといってよそのお宅の前まで掃除をするのは失礼なので、隣の空き地とかゴミ置き場にあるゴミを掃除した。通りかかっ

た老齢の女性に、

「ご苦労様」

と深々と頭を下げられ、あわてて、

「いいえ、どういたしまして」

と彼女よりも深く頭を下げたりした。箒とちり取りはカモフラージュになるので、それから毎日、時間を見計らって外の掃除をした。

（これからはレレレのおばさんだな）

そう思いつつ、レレレのおばさんは、

「おでかけですかあ　レレレのレー」

といいながら、お掃除をしていた。そんなとき、クマガイさんが首に使いこまれたエルメスのスカーフ、真っ赤なモヘアのコートに紺色のパンツのお洒落な服装で部屋から出てきたので、

「おでかけですか」

と声をかけて、自分で笑ってしまった。

「えっ、どうしたの？」

笑っているキョウコを前にして、クマガイさんも笑いながら首を傾げた。

「あのう、実は……」

掃除をしている理由やら、その他もろもろの話をしていると、クマガイさんは、

「それはご苦労様でございます」

と頭を下げた。

「いえ、私の勝手でやっているので」

「本名はアンディくんでしたっけ。ネコちゃん、来るといいわね。でも寒くなったからね。おうちでぬくぬくしているのかな」

「そうかもしれません。飼い主さんも寒いなか出かけるのも大変でしょうし」

「自由に出入りできるようにしているのなら、アンディくんの好きなようにできるけど」

「そうすると、変なおばちゃんに、ぶっちゃんとか名前をつけられちゃうんですよ」

「本当ね、立ち寄ったところで、いっぱい名前をもらっちゃうわね」

クマガイさんは笑いながら、

「再会をお祈りいたします」

といって出かけていった。しばらくしてチユキさんが姿を現した。わかるかなと思いつつ、

「おでかけですかあ」

と箒を左右に動かしながら声をかけると、チユキさんは、

「あはははは」

とキョウコを指さして大声で笑い出した。

「どうしたんですか」

「いちおうね、お掃除をしているんですけれどね。わかった？」

「わかりますよ。大好きですよ、あのマンガのキャラクターは全部」

「さっきクマガイさんに会ったんだけど、さすがに真似(まね)はできなかったなあ」

「すればよかったのに。クマガイさんだって当然、知ってるでしょうし」

「そうよね、じゃあ、次に会ったときにやろうかな」

「やってみてください。それでは行ってきます」

チユキさんは長い腕を振りながら歩いていった。彼女が歩いていると、周囲の景色との縮尺が合わないいような気になってくる。でも元気そうでよかったと思いつつ、再びきれいにした地べたを箒でなぞって、あたりをきょろきょろし、がっかりしながら部屋に入った。

それから一時間ほどして、急に胸がざわついた。

（もしかしたら……）

ネコには不思議な力があるというから、自分の思いが通じたのではと、外に出てみると、遠くでシルバーカーを押している、うつむき加減の見覚えがある姿に目が釘(くぎ)づけになった。

（ぶっちゃん！　いるの？）

もしかしたら飼い主さんはシルバーカーを押して散歩をしているだけかもしれない。ぶっちゃんは家でお留守番の可能性もある。ここで自分はどうするべきかと、キョウコの頭はぐるぐると回った。ぶっちゃんがいてくれたら、それはもううれしいが、いないからといって、飼い主さんを無視するのはあまりに失礼だ。まだぶっちゃんが一緒にいるのかいないのかはわからないが、いたらどうしよう、いなかったらどうしようと、あせってしまった。

じっと彼女が近づいてくるのを待っていると、シルバーカーの物入れに、ちんまりと座っている姿を見つけた。

（ぶっちゃん!!）

思わず声が出そうになった口を、両手で押さえ、ちり取りをアパートの入口に置いて、彼女が来るのを待った。それも待ってましたといかにも待っているのがばれると恥ずかしいので、何となく周囲を掃いているそぶりをしつつ、ゆっくりと彼女が歩いてくるのを待った。

（ぶっちゃん、この間と同じようにおとなしく座ってる。あっ、右を見た。今度は左。やっぱり興味があるのね。あー、黄色のベストを着てる。やだー、どうしたの？）

キョウコが身悶（みもだ）えしているうちに、飼い主さんが近づいてきた。

「こんにちは」

キョウコが声をかけると、彼女はふっと足を止め、ゆっくりと顔を見た後、

「あら、どうも、こんにちは。お久しぶり。今日はいいお天気になりましたね」

とにっこり笑った。そしてキョウコが箒を手にしているのを見て、周囲を眺めながら、

「お掃除してくださったの？　ありがとうございます」

と御礼（おれい）をいってくれた。

「いいえ、どういたしまして。今日はお散歩にいいお天気になりましたね」

「そうですね。私はね、家でのんびりしたかったんですけどね。この子が外に行きたい、行きたいって、わあわあ鳴くので、ほとんど仕方なく出てきたんですよ」

困ったふうに話していたが、飼い主さんは終始笑顔だった。

「あら、そんなことといったの？　今日はかわいいベストを着ているんですね」

「寒いだろうって、いただいたんですよ。この子はね、散歩に行きたくなると、ほら、ここにリードがついているでしょう。これをくわえて来るんですよ」

「まあ、お利口ですね」

「お利口なのかどうかはわかりませんが、自分のやりたい事はきっちりと訴えるタイプですね。まあネコはみんなそうかもしれませんけれど。ほら、お友だちのお姉さんが来てくれましたよ、よかったわね」

ぶっちゃんに声をかけた後、

「どうぞ撫でてやってください」

といってもらった。キョウコはその場にしゃがみ、ぶっちゃんと目線を合わせながら、

「おりこうねえ、ぶっ……じゃなかったアンディくんは。ベストもとっても似合ってるわね。本当にかわいいわ」

褒めちぎりながら頭を撫でてあげると、ぶっちゃんはごろごろと喉を鳴らしながら、キョウコの手に頭をぐいぐい押しつけてきた。そしてぺろぺろと舐め、また押しつけるのを繰り返した。

「まあ、こんなに喜んで。優しくしてもらってうれしいわね」

ぶっちゃんは周囲に聞こえるほどのごろごろ音を発し、そして鼻息を荒くしながら、キョウコに懐いていった。そしてしまいには両足で立ち上がり両手を伸ばして、「抱っこして」の状態になった。

「あらまあ、図々しい」

「抱っこしてもいいですか」

「リードの長さを短くしているので、立ち上がらないで、そのままだったらできますけれど、あなた様がちょっと大変ですよね」

「いいえ、私は大丈夫です」

キョウコはしゃがんだ体勢のまま、ぶっちゃんを抱え上げて膝(ひざ)のうえに乗せた。アパートの部屋でやったときの感覚が戻ってきた。ぶっちゃんは相変わらず、ごろごろといいながら、キョウコに抱きついてきた。

「あらまあ、赤ちゃんみたいになって。ちょっと、あなた、図々しくない？　お姉さんのお召し物が汚れますよ」

飼い主さんは心配してくれたが、キョウコは、

「汚れても大丈夫ですから」

といいながら、ぶっちゃんの体と自分の体を密着させていた。彼のごろごろが体の中に響いてきた。

「本当にいい子ですねえ」

「どうなんでしょうね。みんなでかわいがりすぎて、わがままになっているのは確かですけれどね。よかったわねえ、こんなにかわいがってくださる方がいて。私もうれしいわ」

そういってもらって、キョウコは申し訳なく思った。

ずっと抱っこしていたかったが、そうもしていられないので、五分ほどぶっちゃんを抱っこして、

「はい、じゃあ、ここに座りましょうね」

とシルバーカーの中に座らせた。

「すみません、お時間を取ってしまって」

キョウコが飼い主さんに謝ると、

「いいえ、ちょっと休憩できてよかったです。ここは休む場所がないでしょう。駅の反対側だと、お店の前に椅子(いす)が置いてあって、休めたりするんですけどね。こちら側はそれがないので」

「駅の反対側のほうまで、お散歩なさるのですか」

「ええ、私だけですけどね。この子と一緒のときは、このあたりだけ」

「ああ、そうなんですか」

「家はね、もうちょっと先の……ずっと前から空き家になっているお宅、ご存じ？　門の横に保存木のある……」

「ああ、わかります。あの角の大きなお宅ですね」

「そうそう、そこの向かいなんですよ。もしよろしかったら、遊びにいらしてください。この子も喜ぶと思いますので」

キョウコはひゃああと喜びながら、

「ありがとうございます。うれしいです」

とテンションが高くなりすぎないように返事をし、帰り道の角まで飼い主さんとぶっちゃんを送っていった。

「それでは、ごきげんよう」

飼い主さんは頭を下げて歩いていった。ぶっちゃんは頭を下げたキョウコを見て、ぱちぱちと何度か瞬(まばた)きをした後、すました顔で前を向いていた。

「クマガイさんのお祈り、効いた！」

キョウコは跳ねるようにして、部屋に戻った。

本書は書き下ろし小説です。

著者略歴

群ようこ（むれ・ようこ）
1954年東京都生まれ。1977年日本大学芸術学部卒業。本の雑誌社入社後、エッセイを書きはじめ、1984年『午前零時の玄米パン』でデビュー。その後作家として独立。著書に『無印良女』『びんぼう草』『ひとりの女』『かもめ食堂』『ヒガシくんのタタカイ』『ミサコ、三十八歳』『れんげ荘』『パンとスープとネコ日和』『たかが猫、されどネコ』『かるい生活』『いかがなものか』『咳をしても一人と一匹』『たべる生活』など多数。

Kadokawa Haruki Corporation

群 ようこ

おたがいさま れんげ荘物語（そうものがたり）

*

2021年1月18日第一刷発行

発行者 角川春樹
発行所 株式会社 角川春樹事務所
〒102-0074 東京都千代田区九段南2-1-30 イタリア文化会館ビル
電話03-3263-5881（営業） 03-3263-5247（編集）
印刷・製本 中央精版印刷株式会社

ISBN978-4-7584-1370-1 C0093
http://www.kadokawaharuki.co.jp/